Uwe Timm
Freitisch

UWE TIMM

FREITISCH

NOVELLE

KIEPENHEUER
& WITSCH

Verlag Kiepenheuer & Witsch, FSC-N001512

3. Auflage 2011

© 2011, Verlag Kiepenheuer & Witsch, Köln
Alle Rechte vorbehalten. Kein Teil des Werkes darf in
irgendeiner Form (durch Fotografie, Mikrofilm oder ein
anderes Verfahren) ohne schriftliche Genehmigung des
Verlages reproduziert oder unter Verwendung elektronischer
Systeme verarbeitet, vervielfältigt oder verbreitet werden.
Umschlaggestaltung: Rudolf Linn, Köln
Umschlagmotiv: © Rudolf Linn, Köln
Autorenfoto: © Inge Zimmermann
Gesetzt aus der Stempel Garamond
Satz: Pinkuin Satz und Datentechnik, Berlin
Druck und Bindearbeiten: GGP Media GmbH, Pößneck
ISBN 978-3-462-04318-1

›warum &/ab wann beginnt ein Dichter, Bilder als Vorlagen zu verwendn?‹; (anstatt auf ›wirkliche Erlebnisse‹ zurückzugreifn) – ist das eine reine AltersFrage?; oder aber eine von Temperament?/Constitution?; (dh ›ist‹ Einer so; oder ›wird‹ Jeder so?).

Arno Schmidt, *Die Schule der Atheisten*

Vor dem Rathaus hatte ich auf ihn gewartet.
Entschuldigung, sagte ich, wir kennen uns. Er sah mich an, suchte in meinem Gesicht und sagte dann: Hm.
Ist schon 'ne ganze Weile her, die Zeit, als Noah bei der Marine war.
Rührend ratlos stand er da, und man sah, innen lief der Gedächtnisspeicher auf Hochtouren, sortierte Gesichter und Zeiten. Nochmals sagte er: Hm, aber diesmal länger auf dem M ausruhend.
Nein, weiß nicht. Helfen Sie mir.
Serves him right.
Die Stirnfalte vertiefte sich.
Wissen Sie, woher das Wort Mondamin stammt?
Das Suchen verschwand aus seinem Gesicht, wich einem Staunen, dann kam ein unwilliges Was-denn? Vermutlich dachte er, einer der Stadtalkoholiker wolle ein Bier schnorren.
Die Rentner auf den Parkbänken beobachteten

uns. Am Fenster oben im Rathaus erschienen Gesichter – auch das des Dezernenten für Wirtschaft. Er hatte ein Fernglas in der Hand. Hielt es jetzt ganz ungeniert vor die Augen und auf uns gerichtet. Wollte wohl sehen, ob ihm da einer aus der Nachbarstadt den dicken Fisch wegzufangen versuchte.

Es war in unserer kleinen Stadt mit dem Epitheton ornans »sterbend« schnell durchgesickert, dass ein Investor kommt. Und ich hatte auf ihn gewartet, hier vor dem Rathaus, errichtet in den Fünfzigerjahren aus entmörtelten Trümmerziegeln. Realsozialistische Neoklassik. Die Stadt war kurz vor Kriegsende erst von den Amerikanern und dann, nachdem die Rote Armee sie erobert hatte, noch einmal von der Deutschen Luftwaffe bombardiert worden. Die Einwohner sagen mit grimmem Ostseehumor: Dat heft se all platt mokt. Aber damit meinen sie dann doch nur die Amis, die Bomben der Deutschen Luftwaffe haben sie vergessen.

Das Kennerauge sieht sofort, einer aus dem Westen mit seiner schwarzen, knapp geschnittenen Windjacke aus irgendeinem atmungsaktiven Technostoff und einem leuchtend roten Reißverschlusszipp, dem einzigen Farbfleck, denn auch die weich fallende Hose war schwarz. Und das

Saab-Cabrio, in einem dezenten Mittelgrau, hatte er rechts am Markt geparkt und das Verdeck offen gelassen.

Auch hatte sich schnell herumgesprochen, wann er kommt. So was bleibt hier nicht verborgen. Unser Briefträger meldet uns schon am Gartenzaun die Herkunftsländer der Briefe. Argentinien, Portugal, Norwegen – und, mit starkem Tremolo: Sönsterud. Die Eltern Ihrer Frau haben geschrieben, ruft er mir von der Gartentür zu.

Und jetzt jemand aus Berlin, der Investitionen versprach, und sei es nur für eine Mülldeponie. Auch die bringt Arbeitsplätze, hoffte man. Übrigens nicht irgendein normaler Müll, nein, ein ganz besonderer Müll, hoch kontaminiert, erzählte uns die Eierfrau.

Den konnte man inzwischen nicht mal mehr den Afrikanern billig andrehen.

Gut sah er aus, graublondes, kurzstruppiges Haar, wettergebräunt, nicht die gelbliche Solarbräune. Es hieß, er habe im Haff ein Segelboot liegen, darum sei sein Blick auf die vergessene Stadt gefallen. Auch auf der Straße, zufällig, hätte ich ihn wiedererkannt, er aber, wie sich zeigte, nicht mich, der graue Bart, das kurze und, man muss es so sagen, schüttere Haar, die schlabberigen Kord-

hosen, das karierte Hemd, die runde Nickelbrille lassen vielleicht an einen Provinzkünstler denken. Oder an einen Penner. Nein, dafür fehlt dann doch das gewisse Odeur.
Ist es wirksam, gegen diebische Elstern in die Kirschbäume Salzheringe zu hängen, fragte ich ihn.
An Stirn und Augen krauste Vorsicht.
Ja, damals hätte ich betonter Vor-Sicht gesagt. Sie erinnern sich nicht?
Sein sehr energisches Nein war schon im Ab- und Umdrehen gesprochen.
Vor gut vierzig Jahren, da haben Sie uns mit den »Kühen in Halbtrauer« traktiert. In München. Am Freitisch. Mit Blick auf den Englischen Garten.
Er blieb mit einem überraschten Ach stehen.
Sie. Oder sollte ich angesichts der Erinnerung, die jetzt sein Gesicht aufhellte, du sagen? Nein, erst mal beim Sie bleiben. Sie haben Arno Schmidt, wie soll ich sagen, geradezu gepredigt. Erfüllt von der Botschaft, eine Art literarisches Pfingstwunder, damals.
Und da kam mit einem Ah und einem Ja die Erinnerung aus seinem Mund und ließ ihn heftig grinsen.

Was machen Sie – auch er zögerte bei dem Sie einen Moment – hier?
Lehrer, pensioniert, wohne zwischen Rosen und Porree, mit Kaufmanns-Und, versteht sich.
Und wieder lachte er.
Ist so 'ne Art Frimmersen und zeichnet sich wohltuend durch einen Mangel an Sehenswürdigkeiten aus.
Sein Blick richtete sich auf die Marienkirche.
Ja, etwas Backsteingotik ist stehen geblieben, auch 'ne holländische Dachwindmühle gibt's.
Ich lud ihn ein. Zur Auswahl am Markt: Landbäckerei Grützmann. Oder das Stadtcafé Junge mit Blick auf die Rathausfront und die zerstörte Nikolaikirche?
Grützmann, sagte er, das klingt doch gut.
Ja, wenn die Provinz ihre Fantasie spielen lässt. Landbäckerei, riecht man doch das Brot. Dagegen dieses dröge HO in der Zeit des realen Sozialismus – die Deutsche Demokratische Republik – man muss sich diese verzweifelte Dopplung auf der Zunge zergehen lassen, um zu ahnen, wie weit entfernt der Name von der Wirklichkeit war. Aber immerhin – es gab hier mal das interessanteste Theater der Republik. Frank Castorf. Muss eine wunderbare Chaostruppe gewesen

sein. Die Leute kamen sogar aus Berlin. Dafür sah man nur wenige Anklamer, aber die, die hingingen, schwärmen noch heute. Ein Ensemble aus Alkoholikern, Abgemahnten, Vorbestraften, Leuten, die aus der Partei ausgeschlossen worden waren. Eine tolle Mannschaft.

Nun ja, sagte er bemüht verbindlich, immerhin, die Stadt hat ja auch einen Hafen, und die Peene ist bis hierher schiffbar, sogar für Kümos. Und ein Bootshafen, der nicht völlig überlaufen ist.

Damit verriet er sich als Segler. Als wir das erste Mal hierhergekommen waren und durch die sommerliche Stadt streiften, staunten wir, Kinder schwammen im Fluss, in dieser grünen, langsam fließenden Pommern-Peene, im Hafen sprangen sie von der Kaimauer ins Wasser. Eine Erinnerung an die eigene Kindheit, die mir diese von der Geschichte geschundene Stadt nahebrachte – die Erinnerung an das Schwimmen in der Pinnau, bevor sie begradigt wurde. Kam man aus dem Wasser, hatte man Entengrütze im Haar. Die Peene fließt dann doch etwas schneller und ist zumindest hier breiter und tiefer. Am Ufer sitzen die Angler, in sich versunken und auf das Glück hoffend. Wenn schon nicht sechs Richtige, dann wenigstens einen Hecht.

An den Cafés wurden, kaum war die Sonne herausgekommen, sofort die Stühle rausgestellt. Man musste sich nicht schämen, gutes Design, Alurahmen mit beigem Bast beflochten. Ein Mädchen kam schnellen Schritts, die Bedienung, das Haar glänzend tiefschwarz gefärbt, die Ohren mit vier Goldringlein gepierct und auf dem braunen Busen ein Tattoo, passend zum Ort ein kleiner Greif, felix pomerania. Sie brachte zwei übergroße, in Kunststoff gebundene Karten: Strammer Max, Kartoffelsalat, heute, Hawaii-Toast, Torten, Hefegebäck.
Er wollte nur einen Cappuccino.
Wir können auch zu Mittag essen, schlug ich vor, ist zwar kein Witzigmann, Gasthof »Am Steintor«, aber es gibt gute Hausmannskost, Flunder, Bratkartoffeln, Rotkohl, Rinderrouladen, Königsberger Klopse. Wir haben auch einen mutigen Italiener und zwei bedürfnislose Chinesen am Ort. Kanton-Küche. Ente auf Vorbestellung. Der drehen sie hinterm Haus den Hals um. Ich redete wie der Tourismusbeauftragte.
Nein, er könne nicht länger bleiben. Wollte, musste, wie er betonte, nach Berlin zurück. Ein Termin warte dort. Und das Wort bleiben löste bei ihm die Frage aus, was mich an diesem Ort

hält. Er war taktvoll genug, nicht Kaff zu sagen.
Sagen Sie ruhig Kaff, auch Mare Crisium genannt, sagte ich, ist doch nichts anderes.
Alles sehr weit weg, murmelte er, und auf meine Frage, ob er noch schreibe, nein, schon lange nicht mehr. Jugendsünden. Damals schrieben doch alle. Konnten allerdings auch noch die meisten schreiben und lesen. Allein an unserem Tisch schrieben doch drei von vier, genau drei Viertel, also nicht nur geschätzt.
Nein, nur die Hälfte, sagte ich, Falkner und Sie, ich habe nie geschrieben, gelesen ja. Einer muss das ja übernehmen.
Dieser Falkner, sagte er sinnend, hat weiter und weiter geschrieben, und irgendwann ist man dann wohl Schriftsteller. Manchmal lese ich über ihn in der Zeitung.
Mit Falkner hatte ich damals zusammengewohnt. Eine Wohngemeinschaft. Nichts Ideologisches, von wegen Türen ausheben, offene Beziehungen und so. Vier Studenten und ein Kühlschrankvertreter hatten eine Dachwohnung gemietet. Falkner schrieb, er sprach nicht darüber, und gelesen hatte auch niemand etwas, aber man wusste, er schrieb Gedichte, er schrieb Prosa, er schrieb Hörspiele.

Er hatte bis dahin nichts veröffentlicht, und niemand konnte sagen, woher die Kunde kam, dass er schrieb. Vielleicht hatte er es irgendwann irgendjemandem einmal verraten. Vielleicht reichte auch nur die Vermutung. Ungewöhnlich war, wie er Prosa kritisierte, die Sprache sei ungenau, spannungslos, schlicht, habe keinen Rhythmus, das war noch die gängige Kritik, aber dann kam sein verräterisches Das-bringt-nichts-Neues.
Ich aber konnte mit Sicherheit sagen, er schrieb. Unsere Zimmer lagen nebeneinander. Ich hörte ihn auf und ab gehen, die Wände in diesem Fünfzigerjahre-Neubau waren dünn, und ich hörte ihn tippen, ein stotterndes, nachdenkliches, metallenes Picken. Er bekam oft Besuch. Manchmal traf ich ihn mit einer Frau auf dem Flur der Wohnung, er ging voran, die Frau hinterher, meist Frauen, die älter waren, um die dreißig, also schon in Lohn oder Ehe, hin und wieder Studentinnen.
Das ist vielleicht einer, sagte die vom Vermieter bezahlte Putzfrau. Sie schüttelte den Kopf mit betonierter Dauerwelle, schnaufte anerkennend und keineswegs verächtlich durch die Nase. Wäre froh, wenn der Sohn, der nun schon dreiundzwanzig ist, endlich mal mit 'nem Mädel antanzt. So ganz

anders die Tochter, Friseuse, einundzwanzig, verheiratet und schon zwei Kinder.
Das Tack Tack der hohen Absätze auf dem Gang. Nebenan Gemurmel, Lachen, Stille. Dann ein aufseufzendes Bett. Ich stopfte mir Ohropax in den Gehörgang.
Und Sie? Freiwillig hier?, fragte Euler.
Durchaus. Dienstverpflichtung gibt's ja nicht. Er schien wirklich ahnungslos, was des deutschen Beamten Rechte und Pflichten sind.
Lehrer, Deutsch, Geschichte. Wie gesagt, jetzt pensioniert. Rosen und Porree. Und so nebenher ein Antiquariat, nichts Großes und mehr als Tarnung vor Frau und Familie. Ich sammle Erstausgaben. Verkaufe aber praktisch nichts. Kann mich einfach nicht trennen. Höchstens mal, wenn ich was doppelt oder dreifach habe. Bin wie ein Wirt, der sich selbst der beste Gast ist. Spezialisiert auf Achtundsechzig und Arno Schmidt.
Ich sah ihn an, intensiv, ja ich fixierte ihn. Damit hat er nicht rechnen können, ausgerechnet hier, am Mare Balticum, mit seinem Vorleben konfrontiert zu werden.
Er hatte an unserem Vierertisch die Schmidt-Lektüre eingeführt. Auch der Jurist, der außer der Zeitung und seinen Kompendien kaum etwas las,

hatte sich »Kühe in Halbtrauer« geliehen. Falkner und ich hatten das Buch gekauft, natürlich Hardcover. Und der Streit zwischen Falkner und ihm, dem Mathematicus, darum sein Spitzname Euler, über die Bedeutung von Arno Schmidt war der Cantus firmus in den Tischgesprächen, die sonst über Gott und die Welt gingen, Hochpolitisches und ganz Alltägliches, so was wie: Gibt es ein Leben nach dem Tod, was der Jurist behauptete, der, wenn es dann auch noch ein Gericht geben sollte, wohl in die größten Schwierigkeiten von uns vieren gekommen wäre. Also ein Jenseits, Kreation, Gottvater, der Herr des Gartens, der alles in Gang gesetzt hat und nun staunt über Mord und Totschlag, auf höchster Ebene Unterhaltung, Welttheater. Amüsiert er sich? Oder ist er verzweifelt, weil ihm da etwas aus dem Ruder gelaufen ist? Der Jurist glaubte an einen Schöpfergott, wie er sagte, und mit dem Tod sei nicht alles vorbei. Was kommt nach dem Tod? Kann ich genau sagen, das, was vor der Geburt war, sagte der existentialische Jungautor Falkner. Nichts.
Aber dann ist doch die entscheidende Frage: Warum is'n etwas und nicht vielmehr nix.
Hm. Brummelte dann Falkner: Weil wir nun mal zufällig auch diese Frage stellen können.

Plötzliche Wendung ins Alltägliche. Der Aufmacher in der Abendzeitung. Ein Junge war im Dortmunder Zoo in ein Bärengehege geklettert. Wollte das niedliche Bärenbaby mal streicheln. Er wurde sofort von der Bärin angegriffen. Der Vater des Jungen sprang hinterher. Beide wurden zerfleischt.
Was würde man machen? Opfergang oder besser Instinkt. Reflex oder Ratio. Vaterliebe. Gibt's die, so wie es Mutterliebe gibt? Gibt's auch nicht. Wird der Stammaffe, das Alphatier, vertrieben und ein neuer Patriarch kommt, beißt er die alte Brut tot und die Mutter schaut ungerührt zu, wartet auf die nächste Kopulation.
Nein. Ja. Der Jurist sagte entschieden, er würde nicht springen. Er war eine ehrliche Haut. Warum lacht, wenn es blitzt, unser Bundespräsident Lübke? Wir wussten es, trotzdem lachten wir.
Die an den Nachbartischen stumm ihre Suppe in sich Hineinlöffelnden sahen verbittert herüber. Sieben Freitische mit immerhin achtundzwanzig Plätzen. Drei Gänge gab es zum Mittagessen: Suppe, Hauptgericht, Nachtisch. Weit besser als das Mensaessen aus der Gulaschkanone, einen Schlag Nudeln und klatsch, 'ne Kelle roter Sauce rüber. Sah aus wie hingekotzt.

Hier hingegen wurde adrett gedeckt, serviert und abgeräumt von Bedienungen mit weißen Schürzchen vor Brust und Schoß. Die Freitische waren Spende und Werbung der Großversicherung. Ich habe denn auch später meine Lebensversicherung bei ihr abgeschlossen. Gute Taten zahlen sich eben aus.

Man musste, um in diesen Genuss zu kommen, Stipendiat sein und nachweisen, dass ein Notfall vorlag. Plötzliche Mieterhöhungen, Verzögerungen bei der Auszahlung der Stipendien. Gründe ließen sich immer finden, und die meisten, die sich hier versammelten, hatten welche oder doch Verbindungen. Das waren Typen, die mit Pralinen die Sachbearbeiterin im Studentenwerk betörten wie unser Jurist, der den Freitisch wohl am wenigsten brauchte.

Lebt jetzt, wie ich hörte, in einem Chalet mit Blick auf den Großglockner. Also sogar dieser sonst literaturferne Mensch begann sich unter Ihrem Einfluss in Arno Schmidt'scher Diktion zu üben, vielleicht auch darum, weil er sonst nichts las. War aber ein witziger Kopf. Begann am Montagmittag nach ereignisreichem Wochenende vom Proto-Sonntag anklägig zu erzählen. Der Jurist schlemmte nicht nur kostenfrei, sondern verdiente auch noch zu, als Schlafwagenschaffner, alle vierzehn Tage nach Italien. Und ganz Geschäftsmann, der er später einmal werden sollte, brachte er in seinem Abteil drei Wassereimer Schnittblumen aus Italien mit. Die verkaufte er einem Straßenhändler, der sie wiederum auf der Münchner Freiheit feilbot. Geschäftssinn durch und durch.

Man frage nicht nach dem Wahrheitsgehalt der am Tisch erzählten Geschichten, wie der von der jungen Frau, die an seine Abteiltür gekommen sei, die ja offen sein musste, schlafen durfte er nicht, mal einnicken höchstens, also die junge Frau, die ihn anflehte, sofort zu kommen, und als er ihr folgte, fand er im Abteil ihren Mann, am Boden liegend und ächzend auf sein Gemächte zeigend, ein Penisbruch. Bei starker Bremsung kurz vor Bolzano war das Paar ineinander verknotet aus dem Bett gefallen. Die Hochzeitsreise war mit diesem Salto erotico vorbei, denn behandeln lassen wollte sich der Mann auf keinen Fall in Italien. Kennt doch jeder die Geschichten vom Ferragosto, wenn die Ärzte an den Stränden liegen und Medizinstudenten das Skalpell führen. Das Pärchen sei noch am selben Tag nach München zurückgefahren.

So ganz nickelmannt stehen und jappen.
Falkner fand dieses dauernde Sprachgeblödel reichlich infantil, auch bei dem großen Arno. Lobte dagegen den ernsthaften Ernst Jünger und die Franzosen, Camus, Sartre und – natürlich – Nietzsche. Kam uns dann mit solchen Zitaten: Die witzigsten Autoren erzeugen das kaum bemerkbarste Lächeln.
Anders die meinungsträchtigen Gespräche, die sich meist zwischen Falkner auf der einen und dem Juristen auf der anderen Seite entzündeten. Die Suppe wurde hastig gelöffelt bei der Frage, ob es richtig sei, den Dschungel zu entlauben, um die Nachschubwege des Vietcong präziser bombardieren zu können. Der Jurist sah dort unsere Freiheit verteidigt. Falkner hingegen glaubte, seine Freiheit werde vom Vietcong verteidigt. Stand damals allerdings auf weiter Flur allein mit seiner Ansicht. Er argumentierte mit anarchistischem Grimm gegen die Yankees und ihren Krieg und erzählte bei Spinat und Leberkäse von der Demonstration, der ersten, gegen den Vietnamkrieg, die von der Polizei durch stille Münchner Wohngebiete geleitet worden war. Den braven Protestlern, also auch ihm, waren von den friedliebenden Bürgern Schläge angedroht worden.

Die schönen frühen Sechziger, sagte Euler und blickte in Richtung der Plattenbauten. Da ging eben alles noch zusammen, damals: Hasch, Ernst Jünger und die illegale KP.
Ja, sagte ich und dann, nach einer tückisch gedankenlangen Pause: Wie ich höre, hat Sie der Müll zu uns gebracht.
Ja, sagte er und pfropfte ein Edelwort auf, die Abfallwirtschaft.
Wie sind Sie denn dazu gekommen?
Das Staatsexamen in Deutsch und Mathematik war 'ne gute Voraussetzung. Wollte nicht in den Staatsdienst. Bin zu ungeduldig. Nullum pädagogischer Eros. Du bist bestimmt ein guter Lehrer gewesen.
Von der Erinnerung getrieben und mit der Selbstsicherheit des Metropolenbewohners war er ins Du gewechselt.
Die Bedienung kam und brachte den Cappuccino, auf dem, ich hätte ihn warnen sollen, ein kräftiger Schlag Sahne schwamm. Ich wusste, was ihm jetzt über unsere kleine Stadt so durch den Kopf ging. Er löffelte die Sahne vorsichtig ab und zögerte. Einfach aufs Pflaster? Er nahm die Untertasse, schaufelte sie darauf und sagte zur Bedienung, tut mir leid, hätte ich dran den-

ken müssen, ich wollte Milch, keine Sahne haben. Vorsichtig trank er. Lobte übertrieben: Sehr gut, und nickte dem in der Sonne wie schwarz lackiert glänzenden Haar zu. Man merkte, er versuchte – was ja ganz sympathisch war –, nicht als Westler aufzufallen. Wir hatten von hier auch seinen Saab im Blick. Ich musste an einen alten Mitkombattanten denken, der hier mal mit einer jungen Freundin und einem roten Porsche aufgetaucht war. Einfach peinlich.

Ich bin zum Müll, sagte er mit einvernehmlichem Nicken, genau genommen über die Informatik gekommen. Habe das zusammengebracht, die Organisation der Müllentsorgung und den Computer. Damals noch so ein Trumm, und er zeigte die Höhe des Computers vom Boden.

Ich hatte am Vorabend im Internet über ihn nachgelesen. Immerhin, so öffentlich ist er. Die Website seiner Firma zeigte auch seine persönlichen Daten. Studium Mathematik und Deutsch. Staatsexamen, nach dem Referendariat aus dem Schuldienst ausgeschieden. Freiberuflich. Was heißt das? Er hat sein Geld mit dem Schreiben von Programmen für die Müllabfuhr gemacht. Seine Firmenwebsite führt die glücklichen Städte auf, die nach seinen Plänen den Müll entsorgen. Sogar in Übersee. Woher und wann die Plastiksäcke mit stinkenden Resten wohin transportiert werden müssen. Menge, Gewicht.

Die Müllkutscher stemmen die Tonnen hoch, aber, sagte er, das ist schon die Frage, welche Straßen die abfahren, wo sie ihre Müllklappen füttern, damit verbunden die Wege, die Kosten.

Zweihundertfünfzig Leute – allerhand – gab die Website an. Informatik und Büroarbeit.

Die Programme haben wir, ein paar Freunde und ich, verkauft, das heißt, die Städte können sie leasen. Jetzt sind wir auch in die Planung eingestiegen. Neue Mülldeponien. Frage der Anfahrt, der Dauer, der Kapazität, Umweltprobleme und all das. Übrigens liegt Berlin ganz vorn, was den Müllanfall pro Kopf angeht. Denkt man gar nicht.

Ich dachte damals, du wirst dir mit dem Schreiben einen Namen machen.

Das hat ja nun der Falkner gemacht.

Bei dem war ich mir nicht so sicher wie bei dir. Deine Begeisterung war dermaßen geballt, es gab jedes Mal einen Luftstoß, wenn du von Arno Schmidt geredet hast.

Hm. Na ja, murmelte er vor sich hin, eher verlegen als bestätigend.

Ich sah ihm an, wie er versuchte, sich selbst als Euler in Erinnerung zu rufen. Wahrscheinlich hatte er lange nicht mehr daran gedacht, wie und was er uns damals vorgelesen hatte. Während wir noch immer am Vanillepudding spachtelten, waren alle anderen Tische längst abgeräumt und geputzt worden.

Ich hatte mir morgens extra die Stelle aus »Notwendige Erklärung«, die er uns vorgelesen hatte, rausgeschrieben und mitgebracht: »Was not täte, wäre eine Voll=Biegsamkeit der Sprache; die, sei es von der Orthografie, vom Fonetischen, oder auch von den Wort=Wurzeln und =kernen her, imstande wäre, z.B. in einer Flüssigkeitsfläche hin= und her=schwappende Lebewesen rasch und bildhaft=überzeugend à la Neu=Adam zu inventarisieren; ja, noch brutal=fähiger, zu ›vereinnahmen‹.«

Liest sich immer noch gut.

Und man liest es gern. Du wolltest unbedingt diesen Mann kennenlernen. Das ragt aus allem heraus, was geschrieben wird, von Böll, Grass, Lenz, Andersch.

Euler konnte sich dramatisch an die Stirn fassen, meine Güte, das ist doch alles neunzehntes Jahrhundert. Passt das noch zusammen, überall schrumpfen Distanzen, wird Zeit knapp, werden Finanztransaktionen unübersichtlich, Wirtschaftsprozesse verselbstständigen sich. Du beugst dich in der Physik über das Objekt, und es löst sich unter deinem Blick auf, du selbst gehst in die Betrachtung ein. Man kann nicht so schreiben wie zur Zeit der Postkutsche. Damals hatte er mich schon infiziert, nicht wegen seiner Theorie, die war nicht sonderlich neu, sondern die Lust war übergesprungen: Ich hatte »Kühe in Halbtrauer« gelesen und bin seitdem Schmidt-Leser geblieben.

Ich sah, wie er vorsichtig den Cappuccino trank. Es war ziemlich ernüchternd, dass er, dieser Prophet Arno Schmidts, abgefallen, von der Fahne gegangen war. Was mich allerdings überraschte – er schien auch seine damalige Begeisterung vergessen zu haben.

Du hättest Buchvertreter werden können, sagte ich, jeder Verlag wäre glücklich mit dir geworden.

Hab eine Zeit lang tatsächlich als Vertreter gearbeitet, bei diesem Bernie Cornfeld. Anlageberater nannte sich das damals. Per Telefon. War ein früher Vorgriff auf den heutigen Telefonterror, diese Computerstimmen, die dir Gewinne versprechen und dich beim Telefonieren abzocken. Damals musste man noch argumentieren. Bernie war ja ein Verkaufsgenie, und das, obwohl er stotterte. Hab ihn mal erlebt. Aber dieses Stottern, das war sein Geheimnis. Das machte ihn glaubwürdig. Glaubst doch nicht, dass ein Sprachbehinderter dich anschwindeln könnte. Ich hörte ihn, so muss Paulus zu seiner Gemeinde gesprochen haben, ein prophetisches Reden über den Volkskapitalismus. Alle werden Kapitalisten. Nach seiner Rede an uns Mitarbeiter habe ich selbst Anleihen gekauft. Wenig später flog der Schwindel auf, das Geld war futsch. Hatte damals wenig Ahnung von Ökonomie. Danach dann die Abfallwirtschaft. So fing das an. Nicht weiter spannend, brummelte er bescheiden.

Und mit dem Du war jetzt auch die Frage an mich so direkt erlaubt: Was hat dich denn hierher gelockt? Eine Frau?

Ich bin mit der Frau gekommen, einer Norwegerin. Die kannte ich schon vorher. Wir haben in München und dann in Regensburg gelebt. Sind nach der Wende an die Ostsee gefahren. Usedom. Wollten dort mit den Kindern Strandurlaub machen. Wir kannten nichts. Hatten nur was gelesen. Der Name Heringsdorf machte mich neugierig.

So viel zu der Wunschkraft von Worten. Hier, da hinten an der Kreuzung – und ich zeigte in Richtung des Steintors – ist ein Wartburg ins Heck unseres Espace gefahren. Den Espace muss ein Ingenieur, der selbst drei oder vier Kinder hatte, erfunden haben. Getrennte Sitzschalen, dazwischen als Bollwerk ein Tischchen, wodurch die Streiterei über die Platzgrenze auf dem Rücksitz entfiel. Wir standen da, Lina, die beiden Söhne und eine Menge Neugieriger, und staunten, wie da statt bei dem Wartburg, der seinem Namen alle Ehre machte und kaum verbeult war, bei unserem Espace so 'ne Art Plastik-Sägespäne auf das Pflaster rieselte. Einige der Neugierigen sammelten verstohlen etwas von dem weißen Zeug auf, rochen daran. Ein Kind hat es sogar angeleckt. Sah aber auch aus wie Kokosflocken. Die gegenseitige Hilfe war damals hier noch nicht verkümmert. Ein Spengler, der noch nie einen Espace gesehen hatte, mischte eine Pampe aus Plaste und reparierte das aufgerissene Teil. Wir blieben einen Tag und eine Nacht in der Stadt. Sind rumgelaufen und haben am Stadtrand ein altes, marodes Fachwerkhaus gesehen, daneben ein Schuppen und dahinter ein Obst- und Gemüsegarten. Apfelbäume, drei mächtige Kirschbäume, die damals

gerade trugen, eine gewaltige Tracht Kirschen. Sonnenwarm. Haus und Garten standen zum Verkauf. Der Preis sehr günstig. Der Schuppen trocken, wunderbar für meine Bücher, die in Regensburg aus der Wohnung quollen.
Regensburg ist doch eine wunderschöne Stadt.
Ja. Aber du müsstest den Blick von unserem Grundstück hier sehen, auf eine Senke, dahinter ein leichter glazialer Buckel, bestanden von ein paar Buchen, Eichen und Haselnussgesträuch. Du müsstest es sehen. Liegt da hinten, und ich wies in unsere Richtung.
Und wieder brachte er ein nachdenklich gebrummeltes Hm heraus. Gegen früher war er recht einsilbig geworden.
Wie heißt deine Frau?
Lina. Sie kommt aus einer norwegischen Kleinstadt an der Grenze zu Schweden, daher schreckte sie der Gedanke herzuziehen nicht, im Gegenteil, wir waren uns sofort einig. Sie vierzig, ich etwas über fünfzig, eine gute Zeit, was Neues zu beginnen. Haben das Haus gekauft, sehr günstig, wie gesagt, und sind hergezogen. Lehrer wurden gesucht. Der Direktor rieb sich die Hände, als ich meine Fächer nannte: Deutsch, Geschichte. Lina unterrichtet Französisch und Englisch. Zugege-

ben, später haben wir geflucht, Lina und ich. Der ganze dann folgende Wahnsinn, der Umbau des Hauses, die Handwerker, die lieben Kollegen und Nachbarn, Neid und Gehässigkeiten, die Glatzen, die mir die Tür beschmierten, »ferschwindet«, mit Vogel F, glaubst du nicht, ist aber so. Die Jungs, die weinend nach Hause kamen. Waren verprügelt worden. Bayern München hatte Rostock weggeputzt. Lina, die nach einer Lehrerkonferenz sagte, ich will zurück nach Regensburg. Nein, lieber gleich nach Oslo. Gab aber auch viele hilfsbereite Leute und dann natürlich die eigenwillig knorzigen Typen. Das wäre ein Gespräch für einen langen Abend mit einem guten Chianti Colli Senesi. Wenn der dich nächstes Mal zu uns locken kann. Wir haben das Weingut vor drei Jahren in Italien entdeckt, klein und immer noch in Familienbesitz.
Etwas abwesend sagte er gut und ja und schön.
Die Stadt hat lernen müssen, sagt ein Bekannter, Pfarrer und Bürgerrechtler, und sie hat gelernt.
Wirklich?
Na ja. Theologen sind geduldig, müssen geduldig sein. Das Wort Resignation gibt es für die ja nicht. Aber immerhin doch das Wort Abwicklung. Eine Zuckerfabrik, die ist geblieben. Vor Jahren wurde

die Großnäherei dichtgemacht. Damals hat er wacker gegen die Schließung von der Kanzel gewettert. Jetzt ist er pensioniert. Sonderbar – kann man sich Paulus als Pensionär vorstellen? Oder Bugenhagen?

An unserm Tisch führte der Jurist das Wort. Trug Blazer, Goldknöpfe, tripellöwig, Schlips, Hemden weiß-blau gestreift, Button-down-Kragen, maßgeschneidert.

Peinlich, sagte unser Jungautor, der sich in Schwarz kleidete, in der ausgebeulten Seitentasche der Jacke ein Buch von Sartre, Malraux oder Leiris.

Falkner lief damals ziemlich zerkratzt rum.

Ja. Auf die ahnungslose Frage von Ihnen, also von dir, kam er mit der Erklärung, er habe eine Katze eingehütet. Sehr schön dieses Ein-ge-hütet.

Falkner hatte auf der Studentenbühne Ionescos »Die kahle Sängerin« inszeniert, danach »Warten auf Godot« und im Sommer »Der Abstecher« von Martin Walser. In der Hauptrolle eine Studentin mit viel Blond. Er begann mit ihr das zu proben, wozu es in dem Stück nicht kommen sollte, was ich aber in der Wohnung trotz Ohropax hören konnte. Ich war und ich bin verschwiegen. Habe nie von dem in unserer Dachwohnung Gehörten,

Gesehenen bei Tisch erzählt, auch dann nicht, wenn Falkner ein paar Tage nicht zum Essen kam. Sagte auch nichts zu den Kratzspuren an seinen Unterarmen. Was macht die mit seinen Armen, wie kommt die mit ihren Krallen da ran, fragte ich mich. Dachte über die mögliche Stellung nach. Ich konnte die Inszenierung weiter verfolgen. Dann plötzliche Stille. Dafür konnte man die Spuren der Trennung sehen. Im Gesicht, an der rechten Wange eine Bissspur, deutlich erkennbar die Zähne. Ein Pflaster am Hals. Das Mädchen wehrte sich tapfer gegen die Trennung. Eine Zeit lang wartete sie am Eingang der Kantine, verweint, das Gesicht verquollen. Der Jungautor erzählte nichts. Obwohl doch gerade er einiges hätte erzählen können. Übrigens kam »Der Abstecher« nie zur Aufführung, das Spiel war in die Wirklichkeit verlegt worden.
War 'n heißer Sommer.
Ich bin überzeugt, sagte Euler unvermittelt, dass die Leidenschaften damals intensiver, verrückter und wilder waren.
Wieso, fragte ich, mehr durch den Gedankensprung als durch die Feststellung irritiert.
Sich hinzugeben war doch Wagnis. Eine Entschiedenheit, Blindheit, Implosion der Vernunft,

Taumel. Das war die Zeit vor der Pille. Wer sich damals den Euphemismus Antibabypille für das grässliche Wort Ovulationshemmer ausgedacht hat, hätte in jeder Propagandaabteilung arbeiten können. Ich kannte damals niemanden, der in die Oper ging. Nicht allein wegen der Kartenpreise, man erlebte die großen Gefühle, Angst, Glück, zu Hause, kostenlos.
Ja, ist was dran.
Ich musste mir, wollte ich dem Gesang lauschen, nur das Ohropax herausziehen. Bei diesem Überschwang war es nicht überraschend, dass der Jungautor alles Gefühlige ablehnte. Das genau gefiel ihm, diese Brechung, die Ironie, der Witz. Als er »Kühe in Halbtrauer« las, sagte er ja und gut und witzig, besonders die Erzählung »Schwänze«. Las dann auch noch »Das steinerne Herz«. Alle Achtung. Aber als er dann, von Euler befeuert, zu »Kaff auch Mare Crisium« griff, sagte er nach vierzig Seiten: Nee, das ist 'ne Marotte. Das wiederholt sich, geht nicht an den Kern und hat nichts mit mir zu tun. Das ist witzig, aber nirgendwo erfahre ich etwas über den Autor, was den umtreibt. Und ich über mich lerne auch nichts Neues. Ich will mehr, nicht nur Sprachspiele.
Das war nach den drei, vier Wochen, in denen

sich die Sprache am Tisch verändert hatte, in denen sie auch den Juristen ergriffen, ja, ergriffen hatte und er seine Geschichten erzählte, wobei die Frage, ob es wirklich so gewesen war oder nicht, eine, wie wir von Arno gelernt hatten, ganz banausische, aber keine literarische Frage war. Also: wie er eingemietet war in der Wohnung einer Amtsgerichtsrats-Witwe, mit striktem Verbot jeglichen Damenbesuchs, Paragraf 180, immerhin bis zu drei Jahre Gefängnis wegen Kuppelei, also Lenocinium, womit er sein großes Latinum ins Spiel brachte, stellt euch den Korridor vor, zehn Meter, am Eingang das Schlafzimmer der Witwe, am anderen Ende die Kammer, früher für die Köchin, in guten Tagen, jetzt mein Acht-Quadratmeter-Reich, dazwischen Dielen, die knacken und knarzen und durch die möblierte Privathölle der Witwe Thalhammer führen, muss man sich vorstellen, deren Schnarchen, nomen est omen, vom Treppenhaus aus gut zu hören ist, schläft sie, schläft sie nicht, ah, Charybdis entlud sich, dann rein. Der Mensch hat doch Bedürfnisse. Schwieriger danach der Ausgang an dieser Meerenge, erst den Gang entlang, ohne Doppelschritt, die Freundin huckepack wie zum Reiterspiel, Samstagnacht musste das Mädel um eins daheim bei

den wachsamen Eltern sein. Ich sie also huckepack genommen und raus auf den Flur, Stille, das tückische Knarzen der Dielen, da geht die Zimmertür auf und die Alte steht da, ganz munter, sagt: Sie sind gekündigt.
Moi widerspricht, sagt, wir sind verlobt.
Ha, sagt sie, Sie glauben wohl, Paragraf 180 gilt in diesem Casus nicht, da irren Sie gewaltig, lesen Sie mal die Ergänzung im Strafgesetzbuch. Und morgen packen Sie. Hausverbot.
Moi musste bei einem Freund unterkriechen. Und das Mädchen fragt auf der Straße: Wann feiern wir die Verlobung?
Betrübt starrte er in die Kartoffelsuppe.
Und, fragten wir.
Galt ja damals noch: Verlobung. Eheversprechen, und Bruch, das war ehrenrührig. Der Vater des Mädchens war Jurist bei Siemens, also nicht ungefährlich für die spätere Karriere.
Nee, sagte der Jurist, und das Lachen über unsere ernsten Gesichter kommentierte seine Geschichte.
Ja, sagte er, die Tasse in der Hand und mit dem Blick auf die tobenden Spatzen am Boden, wenn ich heute sehe, wie das alles wieder aufkommt, der Handkuss, die Einstecktücher, ein dicker Prinz

aus Äthiopien, der Essbestecke sortiert, Verbeugungen, Verlobungen, Heiraten mit intaktem Hymen, Bettlaken, die am nächsten Morgen mit dem kleinen Blutfleck aus dem Fenster gehängt werden. Diese braven toughen Jungs und coolen Mädels, die sich eingerichtet haben, das heißt, von den Eltern eingerichtet wurden, die mit sich selbst nichts wagen, etabliert mit fünfundzwanzig, na ja, unterbrach er sich, und ich konnte sehen, wie ihm dabei er selbst einfiel und seine Erregung still wurde. Nur noch Gebrummel: Diese gegelten Typen, grässlich.

Ich nickte. Haben wir hier ja nicht oder nur hin und wieder mal auf der Durchreise. Verschwinden schnell wieder. Ist 'ne windstille Ecke. Und dann betont nachdenklich: Ja, es war ein kurzer Sommer der Anarchie. Ich konnte mir den Kalauer nicht verkneifen. Zwei Wochen, höchstens drei Wochen, sagte ich und dachte, jetzt muss er doch mal von sich aus auf unsere Fahrt nach Bargfeld kommen.

Er bestellte sich noch einen Cappuccino und rief der Bedienung fast flehentlich hinterher: Keine Sahne, bitte.

Und mir ein Weizen. Kann man sich das heute noch vorstellen, dass man die Dichter verfolgte,

dass deren Stimme noch Strahlkraft hatte, dass man glaubte, sogar aus alles klein schreibenden Experimentalpoeten spräche ein Höheres? Damals hingen doch die Mädchen an Poeten wie heute die Girlies an den Rockstars. Habe neulich in 'ner Jugendzeitschrift eine Umfrage unter Mädchen gelesen, wie sie sich einen Dichter vorstellen, und das kam raus: Stubenhocker, Langweiler, schüchtern, verklemmt, Pickel.
Er lachte, zum ersten Mal lachte er, du bist ja Antiquar. Aber nee, das war damals auch nicht anders.
Doch, beharrte ich. Hast du Pickel gehabt?
Nee.
Na also. Und du hast geschrieben. Er sah auf das Weizenbierglas, das die Bedienung mir hinstellte, dachte sicherlich, entweder Alkoholiker, der schon morgens seine Biere zischt, oder einer, der sich heute ein wenig Gleichmut antrinkt. Tatsächlich war mir eine schöne freche Gleichgültigkeit in den Kopf gestiegen.
Woher wusstest du, dass ich komme?
Ich wischte mir den Schaum von den Lippen. Hier bleibt nichts geheim. Insbesondere, wenn die Leute hoffen, dass jemand Arbeit bringt.
Er murmelte Verständnisvolles, von nicht leicht

und Umschichtung und langsam, aber und dann und vielleicht.

Was wir damals an unserem Freitisch nicht wussten, war, dass er dem Meister eigene Arbeiten zugeschickt hatte. Damit rückte er erst später heraus.

Am Montag gab es meist Brathähnchen, jeder Teller ein Viertel, und mit etwas Glück bekam man den Schenkel wie Falkner, wer weiß, welche Nettigkeit er zuvor der Schürzenbedienung gesagt hatte. Denn das verstand er, unser schwarz gekleideter Steinwälzer, den Leuten kühn den Eindruck des Erwählten zu vermitteln. Und so einer musste natürlich gut genährt werden. Man musste nur hören, wie er in heftiger Freundlichkeit sagte, was ist das für eine schöne Halskette, die Sie da tragen. Und schon stellte die Bedienung ihm einen ausgewählten Hähnchenschenkel hin. Auch der Jurist wurde bevorzugt bedient. In seinem Goldknopf-Blazer sah er wie ein junger Abteilungsleiter aus, eher noch höher, wenn schon Leiter, dann ganz oben, wo die Kantine der Führungskräfte war. Man konnte ja nie wissen, ob sich nicht einer davon unters Volk gemischt hatte.

An einem Freitag, kurzfristig und überraschend, kündigte Euler an, er wolle Arno Schmidt be-

suchen. Er fragte uns, ob jemand Interesse hätte, mitzufahren. Er hatte den VW von einer Bekannten fürs Wochenende geliehen bekommen. Er wolle den Meister sehen. Ich will ihn hören, seine Stimme, seine Mimik sehen, seine Gestik. Hat jemand Lust? Drei Plätze sind frei. Alle können mitfahren. Einhelliges, heftiges Kopfschütteln. Also nee. Tausendvierhundert Kilometer insgesamt, über Autobahn, Landstraßen, Dorfstraßen, also nee, nur um dem Meister einmal ins geniale Auge zu blicken. Ein ziemlich irres Vorhaben. Wir hatten natürlich den Bericht über den Besuch von Mac Intosh gelesen, diese Selbstbeschreibung des Meisters, kauzig, grantelnd und überheblich.
Und Falkner fügte finster hinzu, der Typ muss nach dem, was ich gelesen habe, unerträglich sein. Größenwahnsinnig. Selbstgerecht. Wahrscheinlich ohne jede Selbstironie. Die verbrennt der in seinen Texten. Nein, der interessiere ihn nicht, und die Heide gehe ihm sowieso an der Mütze vorbei. Keiner wollte mitfahren.
Mich hat er nochmals gefragt, wir standen schon draußen vor der Versicherung, da fing Euler wieder an. Er konnte sehr hartnäckig sein. Stellen Sie sich vor, wenn Sie mit Goethe hätten reden kön-

nen oder Kleist. Er war wirklich ein leidenschaftlicher Germanist, jemand, der verehren konnte, durchaus nicht kriecherisch, sondern aus dem Staunen über die Arbeit, über die Gestalt, über die Einmaligkeit, einer, der das Werk eng mit der Person verbunden sah.

Er war allein gefahren.

Ich muss sagen, meine Bewunderung war nicht gering. Auch der Jurist sagte Chapeau, als Euler am darauffolgenden Montag am Tisch saß und wie Amundsen sagte: Bargfeld erreicht.

Während wir die schmalen Hähnchenflügel abnagten, erzählte er von einem Höllenritt in den Norden. Die Bekannte hatte ihn gewarnt, der Wagen, ein Cabrio, sei alt und das VW bedeute: Fehlerhafter Wagen. Beim Losfahren habe er noch überlegt, ob sich in dieser Redensart der Bildungsnotstand zeige, der damals schon beklagt wurde, oder aber, ob auch diese entfernte Bekannte von unseren Sprachverdrucksungen erreicht worden war. Hinter Würzburg traf ihn mit voller Wucht ein Atlantiktief, das den Regen durch das lecke Verdeck trieb, und tatsächlich funktionierten die Scheibenwischer nur hin und wieder, blieben nach einem nicht leicht durchschaubaren Rhythmus stehen. Wieder ein Laster, der eine Wasserwand

hinter sich herzog. Ein Blindflug bis nach Celle. Dort habe er sich in einen rustikalen Gasthof eingemietet, billig, 15 Märker mit Frühstück, und es einfach nicht abwarten können und sei noch am Abend weiter nach Bargfeld durch die tropfende Heide gefahren. Hatte den Ort gefunden und stand da in der hereinbrechenden Dunkelheit: düstere Backsteingehöfte, am Wegrand glaziale Granitbrocken, ein finsterer Eichenhain. Wäre der Werwolf um die Ecke gekommen, sagte er, es hätte mich nicht überrascht.
Er bearbeitete den Flügel des Hähnchens mit dem Messer. Auf der Schneide hätte ich auch hinreiten können, sagte er und betrachtete lange das Messer. Ich hatte mich vorbereitet, hatte mir ein Messblatt besorgt und die Wege gelb markiert, so tappte ich im Schein einer Taschenlampe über das Kopfsteinpflaster der Dorfstraße, über sandige Feldwege, aber das Haus von Schmidt konnte ich nicht finden. Ich stand im Dunkeln. Er machte eine dramatische Pause. Schließlich habe er sich ein Herz gefasst – so ist das mit dem Herzfassen, sagte er, da fassten sich die Frösche ein Herz und sprachen, was sie sonst nie taten, mit den Menschen –, also sei er zu einem der dunklen Backsteingehöfte gegangen, in dem noch ein Fenster

erleuchtet war, der Hofhund kläffte zum Gotterbarmen – hoffentlich hält die Kette. Erst zaghaftes, dann kräftiges Klopfen an der Eichentür, dahinter ein Schlurfen. Stille. Die Tür geht nach einiger Zeit auf, ein Alter steht im schummrigen Dielenlicht da. Dag och. Wat wullt Se denn? Ich frage, wo Arno Schmidt wohnt. Da hat der Bauer in die Dunkelheit gezeigt. Und gesagt: Kümmt immer wieder ener. De let keenen vor. Hebbt nie so viel fremde Lüd hier heft. Dag och.
Tür zu. Ich bin hingegangen, sah das Haus im Dunkeln, klein, Satteldach, unten waren die Fenster erleuchtet. Da sitzt er nun, dachte ich, und schreibt. Ich hab 'ne ganze Zeit still gestanden. Hatte aufgehört zu regnen, Bäume und Büsche tropften. Eine tiefe Stille. War der schönste Augenblick der Reise. Dastehen und in das erleuchtete Fenster sehen.
Euler saß entspannt, in einer selbstgewissen Gelassenheit, da. Er blickte zur Ruine der Nikolaikirche hinüber. Er war ruhiger in seinen Gesten, vor allem in seinem Sprechen, als der Euler am Freitisch. Und noch etwas fehlte am Erinnerungsbild. Dann fiel es mir ein. Du hast doch geraucht?
Ja, sagte er, dreißig, vierzig Zigaretten. Bin dann

eines Tages umgekippt. Na und dann kam das Übliche. Mein Arzt: Wenn Sie so weitermachen, können Sie bald mit dem Ende rechnen. Nicht das schöne Wort Tod, er sprach vom Ende. Klappe zu – Affe tot. Vorhang. Habe dann aufgehört. Aber bei einer Erkältung. Schmecken dann ja nicht. Ging ganz gut. Allerdings bezahlt mit drei Kilo mehr, die ich jetzt mit mir rumschleppe.
Kannst du dich noch an die Frösche erinnern, die sich ein Herz fassen und mit den Menschen sprechen?
Was? Nee. Was für Frösche?
Eine Geschichte von dir.
Was du dir alles gemerkt hast. Nein. Ich weiß wirklich nicht, und er schüttelte den Kopf.
Dein Besuch in Bargfeld, ich hab das vor Augen, als wäre ich dabei gewesen.
Tatsächlich. Sein ungläubiges Kopfschütteln.
Du bist, hast du uns am Tisch erzählt, nachts zurückgefahren nach Celle. Kamst in den Gasthof. Ein enormer Krach. Dicker blauer Dunst. Musikbox dröhnt: »Es wird gebeten, beim Trompeten nicht zu schießen.«
Schlager?
Ja. Billy Mo und Ralf Bendix.
Stimmt, sagte er. An Billy Mo kann ich mich nicht

erinnern. Aber es war Samstag. Zimmerleute feierten. Tanzten sogar.
Sah aus wie ein Bruegelbild, hast du gesagt.
Ja. Zwei dicke Matronen wedelten mit dem Hintern. Geburtstag? Nee. Is wieder 'ne Scheune abgebrannt, so der Wirt grinsend. Wird 'n bischen gefeiert. Bringt doch Arbeit. Versicherung zahlt ja.
Prost, sagte der Jurist, wir trinken mal auch auf unseren Wohltäter, und hob das Apfelsaftglas. Alkohol gab es in der Versicherungskantine nicht, jedenfalls nicht für die Freitische.
Kaum geschlafen, aber morgens ein Bauernfrühstück, das für unseren Tisch gereicht hätte. Kommt die Wirtin, eine Walküre. Naa, schmeckt's nich? Die Frage war eine einzige Drohung. Doch, sehr gut, und er habe dann auch brav alles in sich hineingestopft. Noch einen Pott Kaffee und dann ab nach Bargfeld, den Wagen etwas entfernt vom Schmidt'schen Haus geparkt, hingegangen, 11 Uhr Besuchszeit, genau nach Comment, stand vor dem Zaun, wie ihn Dr. Mac Intosh beschrieben hat: Maschendraht mit doppeltem Stacheldraht darüber, und auf dem Rasen lag tatsächlich ein scheußlich-roter Plastikschlauch, übrigens nicht zusammengerollt. In der Linken das Buch, deut-

lich sichtbar »Kühe in Halbtrauer«, wollte ja eine Unterschrift, in der Rechten ein kleines Bukett für die Dame des Hauses. Man weiß, was sich gehört. Buch zwischen die Knie geklemmt, ostelbisches In-die-Hände-Klatschen. Nichts. Warten. Schließlich peinlich leises Rufen. Lautes Rufen. Sehr lautes Rufen, leicht aggressive Betonung des Hallo. Die beiden L. Hallo. Nichts. Warten. Auf-und-ab-Gehen mit einer sich steigernden Peinlichkeit. Nach ungefähr einer Stunde kommt die Frau an den Zaun, sagt, er empfängt nicht – muss man sich auf der Zunge zergehen lassen, er empfängt nicht, wie bei Graf Rotz –, grundsätzlich niemanden, sie nimmt den Strauß, sagt: danke schön und verschwindet im Haus. Es hatte wieder angefangen zu regnen, so ein fieser Sprühregen mit dem dazugehörenden, in den Büschen westernden Wind. Oh, schönes norddeutsches Flachland. Ich stand noch eine Weile, bin dann gegangen.

Wir waren schon bei unserem Nachtisch, Milchreis mit Zucker und Zimt, da begann er wieder an seinem kalten Hähnchenviertel herumzusäbeln und gabelte den Reis auf. Aber, sagte er gedankenschwer, Rache ist süß.

Wir mussten das Grinsen unterdrücken.

Vom Haff kamen Wolken auf, ein kompaktes

Weiß, rund, wenig zerfasernd, wie die Thermik sie dem Uferverlauf nachzuformen scheint. Langsam trieben sie von der See über das Land.

Ist hier doch schon Kontinentalklima, trotz Ostsee, im Winter kälter, im Sommer trockne Hitze, genau dreiundfünfzig Sonnenstunden mehr als in Bargfeld, sagte ich, habe dort einen Lehrer angeschrieben und gebeten, die Sonnenstunden aufzuschreiben.

Gut, sagte er und nippte vom Cappuccino. War 'ne muntere Zeit, die frühen Sechziger, werden ja immer als langweilig gehandelt. Dabei wurde all der Zunder gesammelt, der dann später achtundsechzig die Feuerchen machte. Hast du nicht mal so ein Happening mitgemacht?

Ja. Falkner hatte mich eingeladen.

Am Nachmittag war auf dem Gang wieder das Tacken hoher Absätze zu hören gewesen. Aus reiner Neugierde bin ich raus, habe Hallo gesagt, Falkner voran und hinter ihm eine Stewardess mit bauchiger Plastiktüte: Air France. Zwei kannte er. Lufthansa und Air France. Die kreuzten sich dank unterschiedlicher Flugpläne nicht, blieben eine Nacht, versorgten ihn, das waren noch Zeiten, mit den übrig gebliebenen Feinheiten der First Class. Falkner war großzügig, muss man sagen, teilte, stellte mir dann auch Butter, Gänseleberpastete, Obst und kleine Rot- und Weißweinflaschen vor die Tür. Ich stopfte mir Ohropax in die Ohren und öffnete einen Burgunder. War 'ne untypische Zeit, dieses Sommersemester, diese drei Monate, mit dem Freitisch, der Trennung von meiner Freundin, den Lufthansa- und Air-France-Care-Paketen und ja – Arno Schmidt, der mit am Tisch saß.

Falkner und seine Stewardessen, sagte er. Wie ist der eigentlich an die rangekommen, und dann gleich drei, drei verschiedene Linien.

Zwei, sagte ich, es waren nur zwei, Lufthansa und Air France.

Komisch, sagte er, gab es da nicht noch 'ne SAS-Stewardess? War doch einer dieser Blödelsprüche: SAS – Sex after Service. Und es lachte aus ihm heraus: Moralia mutantur, nos et mutamur in illis. Na ja. Inzwischen jedenfalls sind wir doch etwas reifer. Er zog aus der Innentasche seiner schwarzen Hightech-Windjacke ein silbernes Metalletui heraus, entnahm eine gold gerandete Lesebrille und studierte die massiv in Plastik gebundene Speisekarte.

Das Essen ist gut, auch die Bratkartoffeln, aber etwas fett, wie bei uns in den Fünfzigern.

Glaubten alle, man müsse nachholen, was in den Kriegs- und Nachkriegsjahren gefehlt hat. Und plötzlich war das Wort Cholesterin in aller Munde. Diese kleinen tückischen Teilchen. Übrigens, den Kuchen kann ich empfehlen: Butterkuchen, Streuselkuchen. Einige gute Handwerker haben hier im realen Sozialismus überwintert und bislang auch die schöne Neue Welt überstanden. Fehlt nämlich das Geld für die automatischen Rührmaschinen, die computergesteuerten Backöfen. Klar, man darf nicht die Pappbrötchen von Aldi kaufen. Hier wird noch alles selbst geknetet, gepudert und ins Rohr geschoben.
Dies Alliterations-Etym hätte Arno gefallen, sagte Euler.
Jedenfalls brachten die Beifliegerinnen nicht nur mit, was erstklassig übrig geblieben war, sondern, wie ich später erst hörte, sie schmuggelten auch Flugblätter nach Südafrika. Gegen das Apartheid-Regime. Wirft ja doch ein anderes Licht auf Falkner und auf seine Besucherinnen. Bin mal zu einer Lesung von ihm nach Berlin gefahren, vor einigen Jahren, und hab ihn danach angesprochen, da spielte er alles herunter, war nicht so wild mit den Frauen, war eure tolle Fantasie, sagte er. Aber ich hatte ja die Stöckelschritte im Ohr.

Damals war das gerade mit meiner Freundin auseinandergegangen. Sie hatte sich getrennt, und ich saß allein in meinem Zimmer. Vielleicht war meine Wahrnehmung dadurch ein wenig erwartungsreich verstärkt. Hattest du damals eine Freundin?
Euler rührte, obwohl er keinen Zucker genommen hatte, den Cappuccino um. Eigentlich nicht. Und nach einer Pause, die sich dehnte: Nein. Nur eine unglückliche Liebe. Eine verheiratete Frau, du verstehst. Eine traurige Ferne. Weiß bis heute nicht, ob sie nur gespielt hat. Flüchtige Begegnungen in ihrem Auto. Mal rief sie an, dann wieder nicht. Ich konnte, ich durfte sie nie anrufen. Dieses Warten. Rannte aus dem Haus. Habe ich nie wieder erlebt. Lief durch die Nacht, aufgewühlt, dann nach Hause, meine Mitbewohner gefragt, hat jemand angerufen, wieder raus in die Nacht, hin zu ihrem Haus, dort lebte sie mit Mann und zwei Kindern, zweiter Stock, hohe Fenster. Erleuchtet. Keine Gardinen. Ein-, zweimal habe ich sie gesehen, aber öfter ihren Mann, der im Zimmer hin und her ging. Ich stand unter einer Linde, in diesem betörenden Duft. Das war der Sommer. Als sie mit der Familie in die Ferien fuhr, hat sie gesagt, aus, geht nicht mehr, ihr Gewissen und

all das, was man so sagt. Danach der Herbst verregnet, entsprach meiner Stimmung. Im Winter dann eine Freundin, und dann die nächste und die nächste. Keine Katastrophen. Keine Aufschwünge. Das kam zwei Jahre später.
Wir haben, sagte ich, am Tisch nie über unsere Ängste, über unsere Wünsche gesprochen. Da herrschte edles Schweigen.
Na, sagte er mit philosophisch dunkler Stimme, gibt eben Zeiten, da ist das Seht-her-meine-Wunden keine Tugend, sondern Weinerlichkeit. Dieses endlose Gerede über Beziehungen. Darüber zu reden, hätte einen ganz anderen Tisch gegeben. An dem hätte ich nicht sitzen mögen. Da waren mir die Gerüchte über das wilde Leben von Falkner allemal lieber.
Unser Jungautor ist inzwischen ganz brav geworden, mit Frau und Kind. Hätte man das gedacht, damals so entschieden gegen jede Bindung. Dieser existentialistische Furor. Wie er das aussprach: Bin-dung. Diese kleinbürgerlichen Moralmeridiane. Für jeden Kreativen der Tod. Hast du Familie, fragte ich unvermittelt.
Nein, murmelte er, bisher nicht, nicht geheiratet, keine Kinder. Aus Überzeugung. Und Einsicht in die eigene Fehlbarkeit. Aber jetzt, er zögerte, will

ich heiraten, eine jener keuschen, unnahbaren Inderinnen hat mich erhört. Und jetzt will ich. Ist ja nie zu spät, oder genauer, jetzt ist die Zeit. Ich will in Indien heiraten, eine Hochzeit auf Elefanten. Ja, ich werde drei Elefanten mieten, einen für die wunderbare Braut, einen für mich und einen für den Notar. Der soll, warte, und er kramte, kramte wie der Jungautor, der damals in Berlin schon nicht mehr jung war, mir ein Foto von einer lockenreichen Frau und einem Kleinkind mit offenem Mund aus der Brieftasche kramte, kramte Euler das Foto einer Inderin im Sari heraus, wider Erwarten nicht jung, Mitte vierzig, würde ich schätzen, tatsächlich schön, tiefschwarze Augen und ein kleines Grübchenlächeln um den Mund. Gerade, schmale Nase, nicht zu vergleichen mit den Zinken, die hier in Südvorpommern oft anzutreffen sind.

Nett, sagte ich und dachte, mit der sollte er mal anreisen, würde ich gern eine Stadtführung machen.

Wie es halt so kommt, kann man nicht anders sagen, auf den ersten Blick. Und er begann zu schwärmen. Sie ist Religionswissenschaftlerin, arbeitet über den lutherischen Einfluss auf den Hinduismus. Du müsstest sie hören, wenn sie

von der Bedeutung der Sprache für die bildhafte Vorstellung redet. Wenn du magst, komm zur Hochzeit, eine Drei-Tage-drei-Nächte-Feier. Wie gesagt, eine Heirat auf drei Elefanten. Habe ich schon gebucht. Drei. Einen weißen für die Braut, einen grauen für mich und einen dunkelgrauen für den Notar. Du weißt, Elefanten kommunizieren mit Infraschall. Unhörbar für uns, dabei auch über Dutzende von Kilometern im Erdreich übertragbar. Stell dir vor, möglicherweise ist bei den Elefanten eine Verständigung mit den Füßen möglich. Man sagt ja, dass ihre Füße extrem empfindlich seien. Ich lass bei der Zeremonie die Infraschall-Laute aufzeichnen und dann abspielen, Stockhausen in der Hochzeitsnacht.
Plötzlich war mir der junge Euler ganz nah, diese Begeisterung: mit den Füßen hören, Stockhausen, das Licht, die Wärme, eine gute Jahreszeit, die Tempel. Die Bedienung kam und brachte ihn nur kurz aus dem Konzept, Streuselkuchen, sagte er, und schon war er wieder bei dem höchst komplizierten Binden eines Turbans, eine zwanzig Meter lange Bahn, eine Kunst, dass er diese Rundung bekommt. Einen Turban, den wolle er haben, den habe er sich schon als Kind gewünscht, das ist ein Ritual, nicht bloß eine Kopf-

bedeckung, kein langweiliger Hut, den man aufsetzt und abnimmt und an einen Haken hängt und manchmal mit der Frau verwechselt, wie wir von Sacks wissen. Den habe er übrigens, sagte er, einmal kennengelernt.
Oliver Sacks, fragte ich mit provinzieller Beflissenheit.
Ja. Der. Machte eine Lesereise durch Deutschland, und da hab ich den Lektor, den ich ganz gut kenne, eingeladen und gefragt, ob sie Lust hätten, bei mir einen Drink zu nehmen, ja, ich weiß, das Englisch ist auf dem Vormarsch, wie unsere Altvorderen klagen, also, der gute Bekannte hat zugesagt, und er ist mit diesem berühmten Neurologen gekommen, ein bescheidener, nachdenklicher, etwas zerzaust aussehender Mann. Ich habe zu dem Campari Soda, zu dem Whisky und zu den anderen bereitgestellten Getränken eine Schüssel mit diesem wie von Hand lackierten, kleinen japanischen, aus Reismehl oder was weiß ich gemachten Knabberzeug hingestellt. Das hat, wie du weißt, unterschiedliche Formen, haben wohl auch einen jeweils anderen Geschmack, um den herauszufinden, musst du ein Jahr in einem Zen-Tempel meditiert haben, mir schmeckt es ziemlich gleich. Und über die Herkunft des

Fischmehls, das auch darin ist, darf man gar nicht nachdenken. Also Oliver Sacks kam, wir tranken einen guten Whisky, und es begann sogleich eine angeregte Diskussion über die Wahrnehmungsbestimmung der Sprache, über verdeckte Wünsche, Ängste, Traumata, wie äußert sich das im Stottern. Ich habe von Einar Schleef erzählt, der ein Stück inszeniert hatte, ellenlang, von der Jelinek, das ich gerade gesehen hatte. »Ein Sportstück«. Hast du das gesehen?
Nee.
Du musst wissen, dass Schleef, redet man mit ihm, stottert, und er stotterte auch bei der Einführung in das Stück, dann aber, auf der Bühne, als er spielte, stieß er nicht ein einziges Mal an. Kein Stottern. Immerhin, das Stück dauerte fünf Stunden. Nach zwei Stunden hast du nur diesen Gedanken: rausgehen. Aber nach vier Stunden sitzt du durch den Sprechrhythmus wie hypnotisiert da und könntest ohne Weiteres noch zwei Stunden zuhören. Später im Theatercafé hörte ich ihn reden, verzweifelt, würde ich sagen, versuchte er sich auszudrücken, wie unter einer Kandare blieb er immer wieder hängen, wiederholte, bekam die Silben nicht über die Lippen.
Oliver Sacks hörte zu und erzählte von einem

Verwandten, der ebenfalls gestottert habe. Das Erstaunliche war, dass Sacks keine hurtige Deutung lieferte, sondern nur mittels eines vergleichbaren und doch anders gelagerten Falls darüber sprach. Während er zuhörte, aber auch als er nun redete, hatte er aus der recht großen Schale diese Knabberdinger gegessen, ganz mechanisch, eines nach dem anderen, und zwar derart, dass er erst die runden, dann die kissenförmigen, dann die langgezogenen und schließlich die in der Form unbestimmbaren, die sozusagen verunglückten, oder genauer, die von der Prägung befreiten, die bizarren, eigenförmigen, gegessen hatte. Die Schale war leer. Als ich eine Tüte holte und nachschütten wollte, sagte er: Oh, no please, please don't. I'm a compulsive eater.
Hast du ihn gefragt, was er von Schmidts Etym-Theorie hält?
Er krümelte am Streuselkuchen herum. Hab ich nicht dran gedacht. Wie hätte man ihm das auch erklären sollen. Außerdem ist »Zettel's Traum« doch nicht ins Englische übersetzt. Kann man doch gar nicht übersetzen.
Doch. Hier konnte ich mich mal als Mann von Welt zeigen. John Woods arbeitet dran, ein Übersetzer, der über seiner Arbeit aus den USA nach

Berlin emigriert ist, sagte ich. Na ja, vielleicht hat ihn auch Dabbelju vertrieben. Ist einer von the Left.
Woher weißt du?
Ich hab alle Übersetzungen von Schmidt gesammelt, also auch die englischen. Dieser Woods, ein Sprachbesessener, also Woods musst du dir vorstellen, ist vom Namen ein Etym: to the Woods, der übersetzt Schmidt. Hat Falkner erzählt. Falkner war mal hier, auf der Durchreise.
Falkner hatte doch mit Schmidt nichts am Hut.
Damals nicht. Ist ein Späterweckter. Kam übrigens her, um sich »Zettel's Traum« zu kaufen. Nr. 1253. Ich habe, falls du interessiert bist, noch zwei sehr schöne Erstausgaben, signiert.
Nein, danke. Aber der Streuselkuchen ist gut.
Einen Moment überlegte ich, welche logische Verbindungsbrücke in seinem Kopf von einem Nein zum Lob für den Streuselkuchen geführt haben könnte.
I can take a hint.
Während wir an unserem Freitisch saßen, hatte Arno Schmidt mit der Niederschrift von »Zettel's Traum« begonnen.
Ja, ja, sagte Euler abwehrend, bis dahin war sein Schreiben ja noch in einem gewohnten Rahmen

geblieben. Das Umgangssprachliche, der Klang, die Brechung, die Wortspiele. So richtig versteht das nur, wer wie wir nördlich vom Main kommt, die Wortzerlegungen, die Typografie, und dann diese Spielerei mit der Interpunktion, dazwischen Sätze, als Satzzeichengerippe, die nur noch Kommata, Punkte, Gedankenstriche, Auslassungspünktchen sind, keine Buchstaben mehr – die reine Form des Erzählens. Da war kein Sprachzweifel am Werk wie bei den Kakaniern, sondern der feste Glaube – hier stehe ich, ich kann nicht anders – an die Wirkung des Wortes.

Ich stimmte ihm heftig zu, wie willst du Österreichern, die ja seit Broch und Bernhard das Erzählen abschaffen wollen, »Das steinerne Herz« nahebringen oder den Witz von so einem Satz erklären: »Die verschneiten Zwergpalmen des Grünkohls vorm Schloss; in den widerlichen Gärten der Beamten: ganz nahe und liederlich schief hing der Mond dran.«

Gibt es in den Alpenländern überhaupt Grünkohl?

Er wiegte den Kopf voller Zweifel.

Und haben die dort auch nur eine entfernte Ahnung, was das ist, Grünkohl mit Pinkel? Nicht

das Wortwissen, sondern der Geschmack. Das Fest. Der Grünkohlkönig.
Ja. Welcher Grazer weiß schon, was eine Friesische Palme ist? Oder was es heißt, die Palme zu schütteln.
Diese Winterfreuden, wenn der erste Frost kommt. Wir haben hier jedes Jahr ein Beet mit Grünkohl.
Über den Platz ging eine junge Frau, in jeder Hand eine vollgepackte Plastiktüte, hinter ihr ein Mädchen und dahinter trottete ein Schäferhund, dichtzottig, trug noch sein Winterfell.
In dieser Gegend, man weiß ja nie.
Ein Müllauto fuhr vorbei: in Großbuchstaben darauf ALBA. Eigenname? Oder soll das an den Herzog Alba erinnern, der ja kräftig in den Niederlanden aufgeräumt hat?
Einer der Großen in der Abfallwirtschaft, erklärte er mit Kennerblick.
Zwei Frauen, recht stämmig und im mittleren Alter, hatten sich an den Nebentisch gesetzt. Bestellten jetzt Sandwiches mit Cola, aber light, rief die eine der Bedienung hinterher.
Beide lurten immer wieder von der Seite herüber. Euler war ja fremd, Euler war die große weite Welt.

Ich blickte über den Marktplatz. Ein Mann stand am anderen Ende vor der Ruine der Nikolaikirche. Der Mann stand in den Knien eingeknickt. Er pumpte den Reifen seines Fahrrads auf.
Jetzt ist es recht ruhig, sagte ich, schon wieder diesem lokalpatriotischen Drang gehorchend. Du wirst sehen, später, am Nachmittag, belebt es sich wieder. Dann ist Einkaufszeit.
Wenigstens war die Zahl der vorbeifahrenden Autos im Augenblick groß genug, so dass die Ampel ihm, mit seinem ökonomischen Blick, nicht als pure Angeberei erscheinen musste.
Ist doch wunderbar, sagte er, die Ruhe hier.
Das war nun wieder nett, denn natürlich fragte er sich, wie man das hier aushielt.
Weißt du, um die Stadt, um die Leute zu verstehen, muss man ins Museum gehen. Dort, im Steintor, du kannst es am Ende der Straße sehen, in dem gotischen Wolkenkratzer, 32 Meter hoch, dort ist das Museum.
Nächstes Mal, sagte er, nächstes Mal komme ich mit mehr Zeit.
Mit Lina war ich, als wir hierher zogen, im Museum, später auch mehrmals mit den Kindern, man steigt den Turm mit seiner dreistöckigen Bekrönung hoch, der einzig erhaltene Turm der Be-

festigungsanlage, und steigt in fünf Stockwerken durch die Stadtgeschichte, die zugleich deutsche Geschichte ist. Fängt unten bei den Wikingern an, und dann geht es hoch durchs Mittelalter, die Hanse, Koofmichs und Fischer, Heringshandel hat die Stadt reich gemacht, so um 1300, Backsteingotik und Giebelhäuser, als die Pest ausbrach, hat man alle Juden vor die Stadt getrieben und verbrannt. Dreißigjähriger Krieg, mal die Kaiserlichen, mal die Schweden, wieder die Kaiserlichen, Daumenschraube und Schwedentrunk, Mord und Totschlag, Vergewaltigung und Brandschatzung, 1600 Tote, wieder kaiserliche Truppen, die bringen die Pest mit, ausnahmsweise waren die Juden mal nicht schuld, 1400 Tote, so geht das weiter, Belagerungen, Eroberungen, mal die Brandenburger, mal die Polen, mal die Russen, 1812 kommt die Stadt von Schweden an Preußen. Die Reformen erlauben den Zuzug von Juden, bis sie 1933 wieder enteignet und vertrieben werden, die letzten sechzehn jüdischen Bürger wurden 1940 deportiert, das heißt umgebracht. Es gibt eine Tradition der Gewalt und der Finsternis. Herrlicher Aufschwung im Tausendjährigen Reich. Der größte Sohn der Stadt Otto Lilienthal, auch jüdische Vorfahren. Aber wer

Jude ist, bestimme ich, sagt Dick-Göring. Die Lilienthal-Stadt, darum entstehen hier 1936 ein Flugplatz und ein Flugzeugwerk. Es wird aufgerüstet. Sie wächst, in vier Jahren um 5000 auf 20 000 Einwohner. Flugzeugteile werden gebaut, Leitwerke für Jagdflieger. Die Stadt wird 1943 von den Amerikanern bombardiert, so hängt das eine mit dem anderen zusammen, gebiert Gewalt neue Gewalt, 1945 wird Anklam von der Roten Armee besetzt, woraufhin die deutsche Luftwaffe, eine Woche vor Kriegsende, die Stadt bombardiert und die Innenstadt mit ihrer kerndeutschen Backsteingotik in Schutt verwandelt.
Der reale Sozialismus hält Einzug und zieht nach fünfundvierzig Jahren wieder aus, es wird abgewickelt, abgeräumt, abkassiert, aber das kennt man alles, ist schon langweilig, wenn auch nicht weniger schmerzhaft, es wird privatisiert und dann verscherbelt und stillgelegt. Arbeitslose, 25 Prozent. Von den jungen Leuten wandert, wer kann, ab. Von den 20 000 Einwohnern sind noch 13 000 übrig geblieben, darunter viele Grauköpfe. Das ist unsere kleine Stadt.
Wir lebten schon hier, da wird ausgerechnet beim Ausheben der Baugrube ein Silberschatz gefunden. Gewaltig, 3000 Münzen, Gürtelschnallen,

silberne Löffel, zusammengerafft im Dreißigjährigen Krieg, dieses, man muss es so sagen, liebe Lina, Trauma der Deutschen, ein Trauma über viele Jahrzehnte, Jahrhunderte. Kennt ihr so was in eurem fjordreichen Norwegen?
Sie sagt dann Ja und kommt mit ihren räuberischen, zankhaften Wikingern.
Die hatten es auf Gold und Frauen abgesehen. Das war finsteres Mittelalter, sagte ich. Aber in der Neuzeit?
Wolfgang, der Älteste, überlegte, ob man den Schatz nicht hätte versteigern können, also die Einzelstücke, der Wert wäre dann doch weit höher. Wolfgang studiert Wirtschaftswissenschaft und wird sicherlich ein erfolgreicher Manager. Man kann nicht alles richtig machen, habe ich zu Lina gesagt. Und der Jüngste, Joachim, sagte, das muss der, der das vergraben hat, doch alles gestohlen haben.
Was heißt gestohlen – geraubt, getötet, vielleicht vorher den Leuten Jauche mit einem Trichter eingeflößt, bis die ihre Verstecke nannten, und dann das Zusammengeraffte vergraben, an einer zugänglichen Stelle übrigens, nachts, heimlich, schnell, und es liegt dort bis, das ist die feine Ironie, eine Sparkasse gebaut werden soll.

Und der, der dieses Geld, diesen Schatz vergraben hat, der Besitzer, der Räuber? Auch erschlagen oder zu Tode gemartert.

Das hat die Menschen über Jahrhunderte geprägt, vielleicht begegnen sie deshalb jedem Fremden so misstrauisch, so starr. Es ist nicht nur das Klima, die lichtscheue Kartoffel und der Himmel, der im Winter platt und grau auf dem Meer liegt, sondern da sind Erfahrungen über Jahrhunderte gespeichert worden. Die Erfahrung, ausgeliefert zu sein. Saufen sich lieber die Hucke voll, still, statt auf der Straße zu tanzen.

Na ja, sagte Lina, du alter Schwede, das ist mir zu viel schwarze Sozialromantik. Ich find die Leute recht zugänglich, wenn sie nicht den Eindruck haben, dass man ihnen die Miete erhöhen will.

Euler saß da, nachdenklich, in still schwitzende Gedanken versunken. Ich hätte gern gewusst, was ihm so alles durch den Kopf ging. Er hatte ja noch mal gefragt, wo ich wohne, und wieder die Richtung mit der Hand verfolgt. Ich ahnte, dort irgendwo sollte die Mülldeponie hin. Und weil das Schweigen sich dehnte, hatte er noch hinzugefügt: Sicherlich so schön ruhig wie hier.

Ruhiger, sagte ich, viel ruhiger, das hier ist ja 'ne Durchgangsstraße und gleichzeitig unsere Maxi-

milianstraße. Ja, und dort, wo ich wohne, hinter Brombeerhecken kannst du die Störche auf den Wiesen sehen. Auch die Biber sind zurückgekommen. Siehst du, da wo Erlen oder Weiden liegen, am Stamm 'ne Menge Späne. Umgenagt. Solche Stämme, ich hielt übertrieben die Hände einen guten Meter weit auseinander.
Die Bedienung kam, ließ den Greif am bewegten Busen spielen. Na, darf's noch was sein? Wurst mit Kartoffelsalat oder nicht doch 'nen Strammen Max?
Einen Moment zögerte er, und es war spürbar, er wollte noch bleiben, irgendetwas wollte er wohl noch loswerden. Vielleicht gefiel es ihm aber auch nur, hier zu sitzen und ein wenig in der Grabbelkiste der Vergangenheit zu wühlen. Ihm war der Gedächtniskoffer aufgesprungen und nun quoll alles Mögliche raus. Brauchte doch den Anstoß, das Staunen über das, was vom anderen, was von mir herausgezogen worden war.
Es gab doch einmal die Woche Rote Grütze, sagte er, war besonders lecker. Der Jurist mochte keine Rote Grütze, behauptete, von der Sorbinsäure bekomme er Halsschmerzen.
Ja, sagte ich, er schenkte sie aber nicht einfach her, sondern tauschte. Du hast dem Juristen den

Milchreis gegeben, der gut war, mit Zucker und Zimt, und dafür hat er dir am nächsten Tag die Rote Grütt gegeben. Mochte er nicht.
Tatsächlich? Das weiß ich nicht mehr, und er kniff plötzlich die Augen zusammen und sah hoch und in Richtung der Marienkirche, über der ein Falke in der Luft kreiste.
Das marode Mauerwerk hat ja auch seine guten Seiten. Nistplätze für die Turmfalken. Ist schon eine Überpopulation. Die weichen jetzt in die Häuser aus. Bei uns im Bücherschuppen nistet auch ein Paar.
Einen Falken am Haus, feudal, feudal, sagte er.
Ich hatte den beiden, Euler und dem Juristen, von dem Happening erzählt. Falkner fehlte an dem Mittag, weil er, glaube ich, das Theaterstück probte. Noch hatte er keine Bisswunden im Gesicht. Friedrich der Gebissene, einer dieser interessanten Herzöge der Wettiner Linie. Die Mutter, die Herzogin, hatte dem Kind, als sie sich wegen einer Geliebten des Herrschers aus der Wartburg fortmachen musste, vor Abschiedsschmerz in die Wange gebissen. Falkner hatte seine Essensmarke einem Studenten aus Indien geschenkt, der hin und wieder, wenn einer von uns fehlte, an unserem Tisch saß. Der Inder, der über Gryphius

promovierte, war stolz auf seine idiomatischen Deutschkenntnisse, flocht sie übertrieben oft in seine Erzählungen ein, Schuster bleib bei deinem Leisten oder den Letzten beißen die Hunde. Diesmal aber verstand er und verstand nicht, es waren nicht nur semantische Probleme, sondern sprachliche Abgleichungen zur Wirklichkeit. Er fragte nach, wollte wissen, ob der Falkner, von dem ich erzählte, mit dem Mann identisch sei, den er aus dem Seminar kenne und der ihm die Essensmarke geschenkt habe. Mehr noch, das passte nicht mehr zusammen, das Gesagte und das Vorgestellte und was als Wirklichkeit ausgegeben wurde. Und Wittgenstein winkte von fern munter mit einem kleinen Fähnchen. Vorsicht, unbeschrankter Bahnübergang!
Wir waren gemeinsam in den Kellerraum gegangen, in dem das Happening stattfinden sollte. Falkner, die Flugbegleiterin in ihrem Uniformrock, oben rum jedoch eine großgeblümte, offenherzig transparente Bluse, dachte wohl, das müsse so sein im wilden Schwabing. Falkner im schwarzen Anzug, dazu ein weißes Hemd. In der Galerie hatte sich das, was sich für das Salz von München hielt, versammelt, Kunzelmann, Baader und andere, die später den Staatsschutz

beschäftigen sollten. München hatte eine muntere Boheme. So nahmen denn auch die späteren Demonstrationen gegen die Notstandsgesetze ihren Ausgang von der Kunstakademie und nicht von einem Otto-Suhr-Institut oder einem Institut für Sozialforschung. Ging etwas bunter und munterer zu in München, wie du weißt. An dem Abend stieg ich also mit Falkner und seiner Flugbegleiterin die paar Stufen zu dem Galeriekeller hinunter. Auf der Bühne, na ja, sagen wir, es war ein flaches Podest, standen ein Klavier, eine elektrische Kochplatte, ein Pult. Die Leute warteten, standen, redeten, Bierflaschen in der Hand, noch war die Zeit des Blanc de Blanc und Chardonnay nicht gekommen. Ein Lyriker stieg auf das Podium, ein Hüne, Schuhgröße 54, mindestens. Die Fußspuren im Sand sehen und die Füße in die Hand nehmen, das wäre eins. Der Inder staunte, sein Kinn schien ihm schwer zu werden. Der Jurist erklärte ihm, also Eiland, kann auch Sylt sein, aber eben allein, abends, und dann sieht man solche Fußabdrücke. Sofortige Flucht.
Ach so.
Also. Zwei Frauen stiegen auf das Podium, beide im kleinen Schwarzen. Der Inder öffnete wieder den Mund, der Jurist kam ihm zuvor: Kleid.

Weiter. Die eine Frau, Körbchengröße D, der Inder verstand natürlich nur Bahnhof, also die Frau stellte sich an die Kochplatte und begann, Zwiebeln, die vorgeschnitten waren, zu braten. Speichelbildend, was sich da an Geruch ausbreitete, nicht nur bei mir, die durchsichtig Geblümte musste auch schlucken. Die andere Frau, nein, eher noch ein Mädchen, stakst aufs Podium, setzt sich ans Klavier und spielt Chopin. Mein Laienohr sagt sehr gut, und auch die Flugbegleiterin flüstert: wie schön. Der Lyrik-Roland tritt ans Pult. Er wolle vorweg ein paar Worte sagen, behauptet, die Zeit einer neuen Klassik sei gekommen, man müsse wieder an Goethe, Schiller, Voß anknüpfen. Ganz schön unbescheiden, der Lyrik-Yeti. Er beginnt ein Langpoem vorzutragen. Lastwägen fuhren gen Norden und dann wieder gen Süden. Vierganggetriebe, Dieseleinspritzdüsen, irgendwie, so scheint's, zieht die Technik den Hexameter an. Dachte, wo bleibt in diesem Wirrwarr Platz für Falkner. Der stand rechts am Rand des Podiums, sah in seinem schwarzen Anzug aus wie ein Trauerredner. Hand am Kinn, ganz Nachdenklichkeit oder Verlegenheit. Wird er lesen, fragte ich mich, wird man erstmals von ihm einen Text hören, wovon alle munkelten, ohne

dass jemand etwas von ihm je gelesen hatte? Eine Talentprobe heute? Aber dann hatte er plötzlich eine Axt in der Hand.
Eine Axt, fragte der Inder verwirrt. Dachte wohl, es gebe da eine ihm nicht bekannte literarische Konnotation.
Ja. Eine Axt in der Linken und ein Messer in der Rechten. Alle drei am Tisch hatten aufgehört zu essen.
Gibt's nicht.
Doch. Falkner steigt auf die Bühne, auf der gebraten, gelesen, gespielt wird. Falkner geht Richtung Klavier, langsam, das Mädchen spielt Chopin, wie gesagt, gekonnt, und Falkner steht hinter ihr. Ich hab den Atem angehalten, steht hinter ihr und – sticht plötzlich mit dem Messer unter eine Taste und hebelt sie hoch, das Mädchen spielt weiter, als sei nichts, ihr Spiel hat jetzt aber einen kleinen hässlichen Ton, wenn sie die beschädigte Taste drückt: nichts, ein kurzer Missklang. Und wieder sticht Falkner zu, wieder hebelt er eine Taste heraus. Schade ums Klavier, so was geht einem durch den kleinbürgerlichen Kopf. Die dritte, die vierte Taste. Inzwischen war das Spiel ziemlich disharmonisch, schmerzhaft, das Mädchen springt auf und beginnt zu singen, schleppend, auch in

der Stimme sehr flach, wenn ich ein Vöglein wär. Da fasst Falkner die Axt mit beiden Händen und schlägt zu, mit aller Wucht, erst in die Tasten, dann in den Klavierdeckel, wieder in die Tasten, es kracht, Holzsplitter fliegen uns, die wir vorn stehen, um die Ohren, die Flugbegleiterin klammert sich an meinen Arm. Hab immer noch blaue Flecken. Und zur Beglaubigung zog ich den rechten Hemdsärmel hoch. Die drei starrten auf die Innenseite meines Oberarms. Wahnsinn.
Wieso vier, fragte der Jurist listig, fünf Finger hat die Hand.
Ich drehte den Arm und zeigte auf den fünften Bluterguss.
Sie klammert sich fest und starrt auf Falkner. Was dachte sie? Dieser Wüterich mit der Axt in der Hand, neben dem hatte sie doch nachmittags ahnungslos geschlafen, der schlug mit der Axt ins Innere des Klaviers, in die Klaviersaiten, das war ein Zirpen, Kreischen, ein metallisches Schrillen, hin und wieder ein dumpfes Bomm, wenn er mit dem Axtstiel das Holz traf, er wütete, bis das Klavier kleingehackt war. Eine Berserkerarbeit. Hätte ich dem doch eher zarten Falkner nie zugetraut. Der ließ denn auch erschöpft die Axt sinken. Er war schweißüberströmt, er keuchte, das Werk war

vollbracht. Die Frau an der Kochplatte sagte: Die Axt im Haus ersetzt den Zimmermann. Sie nahm die Pfanne von der Platte, rührte nochmals mit dem Holzlöffel um, ging zu dem Klavierkleinholz und schüttete die Zwiebeln darüber.
Meine Güte, sagte der Inder, der Falkner, hat der denn einen Sprung in der Schüssel?
Wir lachten und stopften den Mund mit Vanillepudding.
Und das Publikum?
Klatschte, klatscht ja immer, wenn es glaubt, ganz vorn zu reiten. Wurden aber auch Stimmen laut: Kinderkram! Banausen! Quatschkanonen! Und ein Zuruf aus tiefer Vergangenheit: Kulturbolschewisten!
Am Freitag, es gab Kabeljau in Dillsauce, noch war die Nordsee nicht leergefischt, da saß Falkner wieder ganz still und als wäre nichts gewesen am Tisch, erwähnte nicht sein Wüten vom vorgestrigen Abend, bis es den Juristen nicht mehr hielt: Er habe von dem Happening gehört, und wie leid es ihm tue, nicht dabei gewesen zu sein, und dann fragte er nach dem tieferen Sinn der Aktion.
Falkner zog eine Gräte, die erstaunlich lang und dick war, aus dem Mund, betrachtete sie, sagte, eine solche Größe traute man dem Kabeljau gar

nicht zu, und an so etwas sei ums Haar die Queen Mom erstickt, wäre da nicht ein wohl immer in der Nähe der königlichen Häupter weilender Arzt gewesen, der sie durch einen Schnitt in die Luftröhre, wahrscheinlich mit einem in Gin desinfizierten Taschenmesser, gerettet habe. Sinn, sagte er sodann sinnend, keine Ahnung, weiß nur, ich habe mich am Klavierunterricht gerächt oder genauer gerochen. Und damit legte er die Fischgräte an den Tellerrand.
Dieser Falkner. Ich bin mit ihm nie so richtig warm geworden, sagte Euler.
Konnte man auch nicht.
Wie ist der denn zu dem Spitznamen gekommen?
Kommt aus einem Seminar über die Novelle. Dingsymbolik, Wendepunkt und so, da meldet er sich und sagt, die Falkentheorie von Heyse sei einfach zu schlicht. Bums. Nix von: Könnte man nicht vielleicht sagen, dass und so, nein, einfach zu schlicht. Warum? Das Beispiel aus dem »Decamerone«, wo der Ritter seinen einzigen ihm verbliebenen Besitz, den Falken, seiner Giovanna als Braten vorsetzt – darin stecke bei Boccaccio nicht nur Großzügigkeit und Tragik, sondern auch Komik. Komik aber war Paul Heyse völ-

lig fremd. Der Falkenbraten sei genau genommen eine Strafe für die Geliebte. Die musste sich nach dem Essen das zähe Fleisch aus den Zähnen pulen. Das Entscheidende sei die im Bild enthaltene, nicht sogleich erkennbare Mehrdeutigkeit. Übrigens werde in den meisten Novellen viel gekocht und gegessen. Kochen und Erzählen gehören eben zusammen. In diesem Fall die hintergründige Botschaft: Falken sind ungenießbar.

Der Professor sagte hm, und dann, sind Sie so nebenher Falkner? Das Oberseminar lachte über ihn, der finster dasaß, laut und anhaltend.

Und du, fragte Euler, hast du versucht, über deine Erfahrungen hier zu schreiben?

Ja, schon, aber ich hab es abgebrochen. Ich bin ein Lesender. Was so schwer in Worte zu fassen ist, sagte ich, ist die Stimmung dieser Stadt, das, was der Reisende gern Atmosphäre nennt. Eine der bemüht intellektuellen Frauen tat mal kund, die Gespräche über die Eigenart der Städte seien nichts als Small Talk. Ein Urteil, das die Frau als Bewohnerin des geistigen Flachlands auswies.

Du hättest, sagte ich, mit dem Zug kommen müssen. Die Landschaft lässt sich von der oberen Etage der Regionalzüge wunderbar überblicken. Die Toteisseen. Die leichten Hügel mit den Gehölzen.

Du kommst hier an – Stille. Im Bahnhofsgebäude nisten die Schwalben. Du steigst aus und stehst auf dem Bahnsteig in der freien Landschaft. Der Bahnhof liegt etwas außerhalb der Stadt, einer dieser preußischen Zweckbauten, die du überall hier im Osten findest: Gerichte, Schulen, Zoll- und Postämter, Fabriken, alles Backsteinbauten, ganz einfach und klar, als Verzierung allenfalls die knapp hervorgehobenen Fensterumrandungen oder wie hier ein auf Kreuz gemauertes, über die Fassade laufendes Band. Meine Söhne finden es immer etwas albern, wenn ich sage, ich komme hier in meiner Kindheit an. Kein Bodenbarock wie im Süden. Arno hat recht: Meine Landschaft muss eben sein, flach. Am Ende des Bahnsteigs liegen Gärten mit verholzten Apfel- und Pflaumenbäumen. Der Wegrand ist verkrautet, hohes Gras und darin ein paar Roggen- und Gerstenähren, Kornblumen und weiß blühende Schafgarbe. Vor dem Bahnhof stehen zwei Taxis, die Fahrer sitzen auf einer Bank unter einer Platane und blicken dir als Ortsfremdem erwartungsvoll entgegen. Du gehst weiter, und sie vertiefen sich wieder in ihr Gespräch. Eine asphaltierte Durchgangsstraße führt in die Stadt. Wenig Verkehr, ein paar Personenwagen und hin und wieder ein Laster. Zweistöckige

Häuser, ziemlich hässlich, die Fassaden grau, der Putz ist an vielen Stellen abgefallen, das Mauerwerk freigelegt. Auf der Eisenbahnfahrt hättest du einige der in diesem Landstrich so häufigen, jetzt aber stillgelegten Ziegeleien gesehen. Die Dächer eingebrochen, und aus den Mauern sprießen Büsche und Bäume. Wie auch hier, ein Haus, dem oben auf dem Dach ein Kranz grünt. Die Fensterrahmen längst herausgefallen, und Schwalben fliegen ein und aus. In einer mittleren Etage hängen noch Gardinen, auf den Fensterbänken Usambaraveilchen, daneben wie vergessen grellbunter Nippes, Katzen, Porzellandackel und ein paar Engel. Die Scheiben im Parterre sind blind vom Straßenschmutz, einige eingeschlagen. Ein Massagesalon, neben dem Eingang die rote Silhouette einer nackten Frau, daneben das Chinarestaurant »Atlantik«. Weiter die Straße entlang rechts ein altes Haus, die Fensterläden herausgerissen, daneben der Schuttberg eines anderen Hauses, ein Haufen Ziegel, darin Bruchstücke von Türen, Fensterkreuze, gesplitterte Balken, als wäre das Haus eben von einer Bombe oder Granate getroffen worden. Der Geruch nach Moder und Mörtel und Ziegelbruch steigt auf und bringt dir die Erinnerung an die Kindheit, das Spielen in den Trümmern. Eine Kreuzung, ein großes Rondell, neu gepflastert mithilfe irgendwelcher EU-Gelder, in der Mitte ein Beet, mit Stiefmütterchen bepflanzt, die Häuser hier meist zweistöckig und frisch gestrichen, in hellen leuchtenden Farben, beige, cremefarben, ein sonderbares Altrosa. Eine Buchhandlung, zwei Cafés, gegenüber ein Pizza- und Dönerladen, daneben ein Gasthof, das Restaurant »Zum Steintor«. Unter dem Sonnenschirm vielleicht zwei ältere Herren beim Wein. Gegenüber das Café »Stadtgespräche«, davor Tafeln mit den Speiseangeboten des Tages. Die Preise sind mit Kreide dick unterstrichen und nicht zu vergleichen mit denen, die du aus dem Westen kennst. Meist sitzen ein paar Jugendliche unter den Schirmen. Einige Schritte entfernt steht das hohe gotische Steintor, die Sehenswürdigkeit der Stadt, dahinter die Altstadt, die ja neu ist, sozialistische Plattenbauten, übrigens in einem guten Maß gebaut und kürzlich renoviert, ganz adrett, sehen besser aus als die meisten Fünfzigerjahre-Bauten im Westen, ich hätte beinahe gesagt bei uns, siehst du ja – dort drüben, oben Wohnen, vier Stockwerke, und unten die Geschäfte, ein Reisebüro, ein Laden mit indischer und chinesischer Kleidung, Taschen, Schuhe, eine Bäckerei.

Gegenüber ein Backsteinbau, die Fassungen der Fenster aus Sandstein, ein klassizistischer Bau, der sogleich an Schinkel denken lässt und seinen glücklichen Einfluss auf die Regierungsbauten in Preußen. Das war die Hauptpost, 1875 gebaut, nach der Wende war die Telekom drin, jetzt nicht vermittelbarer Leerstand, so heißt es. Der Marktplatz, na ja, den hast du vor Augen, aber du müsstest das gotische Giebelhaus sehen, liegt dahinten, das einzige, das die beiden Bombenangriffe überstanden hat, etwas überrenoviert steht es da, und du bekommst einen Eindruck, wie groß der Verlust in dieser Stadt gewesen ist.
Aber immerhin, sagte er, sie wirkt nicht trübe.
Nein. Nicht jetzt, nicht bei Sonne. Auch die Farbe hilft. Man hat besonders helle, muntere Farben gewählt. Na ja, und die Hoffnung schwindet nie. Trutznachtigall. Und es gibt noch Lerchen draußen auf den Feldern. Nach einer kleinen Pause, in der ich kurz unkig aufstoßen musste: Wann hast du zuletzt Lerchen gehört?
Weiß nicht.
In Süddeutschland sind sie fast verschwunden und mit ihnen dieser Gesang, der, wie man weiß, schöner ist als für Paarung und Brut nötig. »Damit die Menschen bey so traurigen Erinnerungen

und Aussichten wenichstens durch das liebliche Concert dieser erschaffenen Sänger erquicket würden.« Vielleicht beglückt das Singen ja auch die Vögel selbst.
Er nickte gedankenschwer.
Eines Mittags überraschte uns der Jurist mit dem Satz: »Weißt du, dass Schwalben nie an Bismarckdenkmälern nisten?«. Zunächst fühlte sich niemand von uns angesprochen, da wir uns ja alle siezten. Noch war nicht die kumpelhafte Zeit des Du gekommen. Wie der Herr Kommilitone richtig sagte. Nein, der Jurist zitierte aus »Kühe in Halbtrauer« und fragte nach dem Wahrheitsgehalt der Aussage. Oder war es einfach nur Ulk?
Das rief sofort dich auf den Plan, genau an so einer Stelle könne man die Mehrschichtigkeit des Schreibens von Arno Schmidt erkennen, denn kein Denkmal zeigt Bismarck auf einem Pferd sitzend. Pferde waren den gekrönten Häuptern vorbehalten. Nur im demokratischen Bremen habe man Feldmarschall Moltke auf ein Pferd gesetzt als hanseatisch zarten Protest gegen diese menschliche Katastrophe, den Großkotz, Wilhelm II. Also denkbar wären Schwalbennester nur, wenn sie im Genitalbereich der Bronzepferde klebten, an allen anderen Stellen würden

sie ja verhagelt oder weggeweht. Und schon wandte sich das Gespräch der Gemini-4-Kapsel und Edward White zu, der sich dreiundzwanzig Minuten frei im Raum bewegt hatte, in einem Spezialanzug, mit einer Rückstoßpistole. Was passiert, wenn dem durch 'ne falsche Drehung und eine Berührung mit dem Kopf im Helm die Haare ins Gesicht fallen. Er kann nichts mehr sehen. Kann sich auch nicht mit den Fingern durchs Haar fahren. Ein Schub mit der Rückstoßpistole in die falsche Richtung und er schwebt weg, die Verbindung zur Kapsel reißt, und schon torkelt er auf Nimmerwiedersehen durchs All.
Eben darum sind die alle kurz geschoren, sagte Falkner.
Mein Gott, dieser öde Verismus.
Die beiden Frauen am Nebentisch hatten in immer stärker werdender Schieflage unserem Gespräch zu folgen versucht und bekamen jetzt eine Coca-Cola auf den Tisch gestellt. Die Bedienung tastete in der Schürze nach dem Flaschenöffner. Vergessen. Sie ging ins Café zurück.
Du konntest doch die Kronkorken aufbeißen.
Ich zog meine rechte Unterlippe leicht herunter.
Es vergeht einem eben nicht nur Hören und Sehen. Und du? Du hast natürlich noch alle Zähne.

Nee, ich habe 'nen VW Polo im Mund. Lass ich bei so einem bayerischen Berserker machen, perfekt, kann ich nur empfehlen, Schmidinger, gute Tradition, der Großvater hat die Kinder von Thomas Mann rausgeholt, und er setzt dir wunderbar die Titanstifte ein, erzählt dir, während er schneidet, bohrt, hämmert, ja er hat so ein kleines Hämmerchen, erzählt dir Witze. Liegst da, er arbeitet, steht dir wegen dieser Klammern der Mund offen und du kannst, wenn du lachst, nur hecheln wie ein Hund.

Der Jurist war am Freitisch derjenige, der Witze erzählte, kein anderer sonst. Der Jungautor sorgte unfreiwillig für Gelächter, weil er, wenn er einen Witz nachzuerzählen versuchte, garantiert die Pointe vorwegnahm oder aber verpasste. Dass der kein Dramatiker wird, war damals schon klar.

Doch bezeichnend, sagte ich, der Jurist, du erinnerst dich, kannte viele Zitzewitz-Witze.

Na ja, sagte Euler, der Name ist ja schon ein Witz.

Die Witze hatte er wohl noch aus seiner Verbindungszeit. Sie sind inzwischen mit dem Typus ausgestorben. Die Groß-Elbier spielen ja keine Rolle mehr.

Kennst du noch einen?
Ja. Der geht so: Treibjagd in Ostpreußen. Die Strecke wird gelegt, Hasen, Füchse, niederes Damwild, etliche Sauen, vier kapitale Hirsche – leider ist auch ein Treiber erschossen worden. Der liegt ein wenig abseits. Die Stimmung der Jagdgesellschaft ist etwas gedrückt. Zitzewitz kommt aus dem Wald, sieht die Strecke, sieht den Treiber daliegen, sagt: Hätt ick jewusst, dass die Treiber freijejeben sind, hätt ick einije jeschossen.
Er lachte leise, eher in die Erinnerung hinein als über den Witz. Man merkt, du bist Antiquar.
Ich fragte mich, warum er nicht auf unsere gemeinsame Fahrt nach Bargfeld zu sprechen kam. Stattdessen begann er, von seiner Karriere in der Abfallwirtschaft zu reden, erzählte, wie wichtig für ihn dennoch gewesen sei zu schreiben, das auszuprobieren, dieser Versuch, etwas sprachlich zu optimieren, also zu verdichten und nochmals zu verdichten, das habe er bei Arno gelernt, und dann sei es eben dieser Blick gewesen, als er von München nach Berlin gegangen war und dort in Friedenau wohnte, in der Nähe all der Literaten, Grass, Enzensberger, Johnson, die er übrigens auch alle auf dem Markt gesehen habe, aber die

ihn alle nicht so interessiert hätten wie der große Arno, also dort habe er in einer der Straßen mit dem merkwürdigen Namen Stubenrauchstraße gewohnt, habe manchmal am Dienstagmorgen am Fenster gestanden und die Müllmänner beobachtet, die im Sommer mit nackten Oberkörpern unter den Trägern der gelben Latzhosen die Tonnen aus den Hausfluren schafften, weil die Mülltonnen in den Höfen standen. Danach fuhren die Müllwagen über die doch sehr belebte Kreuzung am Südwestkorso, der zur guten alten Kaiserzeit ein Boulevard werden sollte. Ein wenig später sah er sie dann die übernächste Straße zurückkommen. Als er gelegentlich einen der Müllfahrer fragte, warum dieser Bogen, dieser Umweg, sagte der, das ist so. Fahren den immer, solange ich dabei bin. Gut zwanzig Jahre.
Man hat es schon immer so gemacht, wahrscheinlich schon zu Kutschenzeiten. Damals gab es aber auch noch keine Einbahnstraßen. Er hatte sich mit ein paar findigen Köpfen von der Technischen Universität zusammengetan, Wirtschaftsingenieure, die nicht zu McKinsey wollten, kamen ja aus der studentenbewegten Zeit, wollten auch nichts mit Rüstung zu tun haben. Abfall ja. Das war gesellschaftlich notwendig, darum sinn-

voll. Tourenplanung der Abfallwirtschaft. Also Optimierung.
Sein Handy klingelte. Entschuldige, sagte er, lauschte, sagen Sie, ich bin noch verhindert. Ja, ja. Die sollen warten. Ich komme etwas später.
Und dann legte er los, wieder musste ich an Paulus bei den Korinthern denken: Heuristik und Operationsresearch, Logarithmen und Optimierung, und wir haben ein Modell vorbereitet und sind zu der Abfallfirma gegangen, und die haben gesagt: Haben wir immer so gemacht und besser geht nicht und Erfahrungswerte. Da habe er sich ein Blatt geben lassen, so, und er zog eine Quittung aus der Tasche und zeichnete auf die Rückseite ein Koordinatenkreuz, so, hier ist der Nullpunkt und da, sagen wir, sind zwölf Punkte verstreut, und er punktete, zählte dabei, zwölf, das habe ich dem Planer da rübergeschoben und gesagt, versuchen Sie mal, den kürzesten Weg zwischen diesen Punkten, die abgefahren werden müssen, herauszufinden. Der Mann saß da und starrte auf das Blatt, sicherlich so, wie auch ich jetzt etwas ratlos auf den Zettel blickte. Sie brauchen Wochen, vielleicht gar Monate, wenn Sie das durch Probieren herausfinden wollen. Sie können das ausrechnen, aufwendig, auch kom-

pliziert, aber es geht. Wir bekamen den Auftrag. Fünf waren wir, genannt die fünf Abfallapostel. Wir fünf haben dann angefangen, das Problem zu lösen, mittels Rechner. Das ist die digitale Lust. Und er redete von den drei Problemfällen, erstens die Knoten und Kanten, zweitens das Mülleinsammeln, also Pausen, Leerzeiten, Entleerung, drittens das Containerproblem, n-p vollständig, was war das, irgendetwas mit Komplexität und höchster Schwierigkeit, eine Lösung zu finden, er hatte sich derart in Schwung geredet, dass ich nicht nachfragen mochte, was denn dieses n und p bedeutete, und ich dachte kummervoll, so wird er vorhin auch den Stadtkämmerer überzeugt haben. Wir brachten durch die Optimierung 30 bis 40 Prozent Einsparung, kannst dir vorstellen, wie viel Mille das waren. Haben uns natürlich auch gut bezahlen lassen, klar. Die Firmen, die Städte haben die Programme geleast. Fünf waren wir, heute sind wir über zweihundertfünfzig. Die umständliche Müllabfuhr und den Rechner, wir haben die zusammengebracht.

Verstehst du, das steckt doch genau darin, dieses Bild zu finden, schwarz-weiße Kühe, daraus Kühe in Halbtrauer zu machen, diese Umkehrung von nicht ganz schwarz und nicht ganz weiß, wie

viel von jedem, könnte man berechnen, Kühe in Halbtrauer, ist natürlich nie genau die Hälfte. Oder vielleicht doch? Interessante Frage.
Ich hatte ihn mir anders vorgestellt, kälter, kalkulierender, selbstgefälliger. In seinem Erzählen war keine Spur von Renommieren, in seiner Inbrunst, mit der er über Elefanten, Turbane und Müllabfuhr redete, wurde mir seine damalige Arno-Schmidt-Begeisterung wieder gegenwärtig. Er hatte, während er redete, die Krümel von dem Streuselkuchen mit dem rechten Zeigefinger säuberlich auf dem Teller zusammengeschoben. Eine Eigenart, die mir schon damals beim Essen aufgefallen war, ein Hang zu Ordnung und Optimierung. Redete er, vergaß er das Essen, dann aber fing er an, den kalt gewordenen Reis oder die zerdrückten Kartoffeln mit der ebenfalls kalt gewordenen Sauce zu mischen und langsam zusammenzuschieben. Der Teller wurde mit dem Messer sauber gekratzt, während am Rand vor ihm ein langsam kleiner werdendes Häufchen lag, immer wieder zusammengeschoben wurde, und ohne jede Hast war es plötzlich verschwunden. Eine eigentümliche Systematik. Damals war es in meinen Augen nichts weiter als eine Marotte.
Na ja, und jetzt haben wir eben auch die Vorpla-

nung für Deponien übernommen, Anfahrtswege, Kapazitäten und so weiter, mit diesem Undsoweiter versank er in eine kurze Nachdenklichkeit.
Was ist aus diesem Witte geworden?
Nie wieder gehört. Galt ja als das Genie. Hatte doch einen Brief an Heidegger geschrieben, und Heidegger hatte geantwortet, eine Karte, die Witte jedem zeigte, wohlverpackt in einer Zellophantüte, die Handschrift des großen Mannes besagte, er habe wenig Zeit, aber falls es sich ergäbe, könne Witte einmal anfragen, wenn ihn denn der Weg nach Freiburg führe. Alles handschriftlich, muss man sich vorstellen. Heideggers Hand! Der Jurist schätzte gleich den Preis des Autografen. Aber natürlich hätte Witte die Karte nie und nimmer verkauft. Die Postkarte mit zwanzig Pfennig Bundespräsident Lübke, Sauerland ist überall: ein ontologischer Ritterschlag.
Eine Postkarte als Geschick. Witte hatte zwei, drei Mal am Tisch gesessen. Einer der anderen drei fehlte. Ich fehlte so gut wie nie. War damals derart klamm, dass ich heimlich Brot einsteckte, was man bei dem Freitisch nicht tun sollte. Jedes Mal wieder am Monatsanfang die gleiche Leier, die Sachbearbeiterin im Studentenwerk: Kein Es-

sen einpacken und mitnehmen! Gell. Auch kein Brot!

Ich packte die Brotscheiben ein, die anderen deckten den Griff in den Brotkorb mit Papierservietten.

Witte hätte nichts davon gemerkt, hätte allenfalls gesagt, es hat den Anschein, aber wir müssen uns hüten, den Schein als etwas nur Eingebildetes zu nehmen. Heidegger sagt richtig, sagte Witte – und man merkte, er war keineswegs bescheiden –, wie das Erscheinen zum Seienden selbst gehört, so zu ihm auch der Schein.

Er wollte diese drei, Heidegger, Marx und Freud, zusammendeuten und durch diese Trias, wie er sagte, alle bisherigen Systeme infrage stellen. Es sollte ein kritischer Abbau aller überkommenen Begriffe werden.

Wie kann man sich das vorstellen, fragte ich schüchtern.

Das Neue wären Begriffe wie Kristallbildungen, die auch wieder zerfallen können, ja müssen.

Saß da mit seinem verknautschten Gesicht und vergaß über seinem wilden Denken das Essen. Hatte sich in dieses Projekt hineingebohrt, bewundernswert, hatte gedacht und geschrieben, eine Arbeit, die auf sechshundert Seiten angeschwollen war. Das war nur der erste Teil. Sein Doktorvater, ein wirklicher Vater, hatte gestöhnt und gewarnt, verlieren Sie sich nicht. Und tatsächlich hat er sich auf den Holzwegen verirrt. Tauchte später in einer der kleinen politisch radikalen Gruppen auf, analysierte die Logik des Kapitals rauf und runter. Dann habe ich ihn aus den Augen verloren, er hatte sich im Überbau verstiegen oder war in den Untergrund gegangen, wer weiß, das war dann schon vier, fünf Jahre später. Hätte vielleicht einer der großen Denker werden können. Keiner dieser Plauderphilosophen, sondern ein Proto-Derrida. Einer dieser Eigensinnigen mit unglaublichen Metakonstruktionen, die an sich selbst scheiterten, heroisch-tragische Hypergrübler, die später Gärtner wurden oder Anlageberater bei Bernie Cornfeld, oder aber wie einer, der über Aristoteles' Techné im Vergleich zu Heideggers Technik und Kehre sowie Heisenbergs Unschärferelation arbeitete, nach sechs Jahren intensiven Schreibens und Denkens das Universitätsgebäude nicht mehr ohne Begleitung betreten konnte, geführt werden musste wie Teiresias von zwei Freunden, einer rechts, einer links untergehakt, und irgendwann den Hall der Schritte in den Gängen nicht mehr ertrug – der Hall, hört ihr, der

Hall im Schädel sprengt die Nähte –, endlich die Universität und das Techné-Gestell verließ, bei einem Fischer am Chiemsee in die Lehre ging, seine Prüfung machte, eine Zenzi heiratete, ein Boot kaufte, Renken und Seeforellen aus dem Netz pulte, glücklich und zufrieden lebte, und wenn er nicht gestorben ist, so fischt er noch heute.
Damals traf man die Leute in der philosophischen Seminarbibliothek, sagte Euler, ein Raum zur Reinigung der Sinne, nein, zur Abtötung. Und siehe da, die Bhakti erschien und Krishna ging violett durch den Raum, vorbei an der Seminaraufsicht, hinaus ins Freie.
In der Bibliothek fehlte der Uhr, die sicher seit der Gründung der Uni dort hing, der Stundenzeiger. Was ist Zeit, fragt Augustinus, sagte Falkner, und ich hatte ihn in Verdacht, diesen verschnörkelt altmodischen Zeiger abgebrochen zu haben. Als sichtbares Beispiel für den Dekonstruktivismus – damals gab es den Begriff noch nicht, jedenfalls in München nicht. Aber vielleicht war es auch einfach nur die Karies der Zeit gewesen.
Eine Frau kam regelmäßig. Sie entsprach auf fürchterliche Weise jenem in unseren männlichen Hirnen abgehefteten Bild.
Ludovicus, klar, warf Euler ein.

Ja. Eine Philosophiestudentin im Hauptfach. Ungewaschene, strähnige Haare. Ihr Rock war hinten zu lang, zipfelte in eine kleine Schleppe aus. Der Jungautor, ganz Ästhet, sagte, wenigstens darin könnte sie meine Vorstellung korrigieren. Wenn die sich den Rock nicht richtet, näh ich ihr den Saum hoch. Tat er natürlich nicht. Kam sowieso nur noch selten in die Bibliothek. Falkner saß abends in Kneipen mit Künstlern herum, Schauspielern, Filmemachern, Pläneschmieden, mit Leuten, die gewaltige Projekte wälzten, den Film, nein, die Welt neu erfanden, schwimmende Städte, Straßentheater, offene Beziehungen, die Bier tranken, kifften, die alle Brücken abgebrochen hatten, Beruf und Karriere und Familie und festes Einkommen. Soffen wie die Löcher, weil die Gesellschaft so fad war, so unerträglich stillstand, sich nichts, aber auch gar nichts bewegte. Allein das Wort bürgerlich – zum Kotzen. Null Kompromiss. Von Marx und Marcuse noch keine Rede. Saßen im »Picnic«, im »Bungalow«, im »Schwabinger Nest«, rauchten und hatten Träume, in denen sie ihre Haut wechselten. Vielleicht war es auch nur ein bestimmtes Hasch, das sie so träumen ließ. Sahen morgens in den Spiegel und erkannten sich nicht wieder. Da blickte ihnen ein

Pekinese entgegen oder ein Dalmatiner. Was? Den kenn ich nicht! Dich rasier ich nicht! So kam es zu diesen Dreitagebärten, die sich bis heute bei älteren Medienleuten wie Schimmel im Gesicht gehalten haben. Allerdings ohne die vorangegangene Epiphanie der Ungebundenheit.
War doch sonderbar, dass Falkner, der auch mit Fassbinder abhing, nicht kiffte, nicht trank.
Er ließ es einen nie merken. Zumindest beim Trinken dachte man, er hält mit. Wenn man Tür an Tür mit ihm wohnte, kam man ihm auf die Schliche. Blieb immer der Beobachter, immer kontrolliert, immer Distanz, nur eben damals bei diesem Happening, da hatte sich plötzlich eine Bodenluke geöffnet und man konnte einen Blick in seinen höllischen Maschinenraum werfen.
An den Nebentisch hatten sich ein Junge und ein Mädchen gesetzt, zwei Punks. Der Junge, ich kannte ihn von Demonstrationen, das hellblonde Haar war zu Rastazöpfchen geflochten, auf dem Rücken seiner schwarzen Jeansjacke las man groß Osten. Im O das Anarcho-Zeichen. Das Mädchen trug eine dunkelblaue chinesische Jacke mit Knebelverschlüssen. Der Laden mit der Billigware aus Indien und China ist nicht weit. Das Mädchen hat rechts und links unter dem Schlüsselbein

zwei rotblaue Vögelchen tätowiert. Der Junge am Unterarm ein hebräisches Schriftzeichen. Überhaupt, sagte ich, es gibt wahrscheinlich keine Stadt, in der so viele Einwohner mit Tattoos herumlaufen. Bekenntnisse und Gegenbekenntnisse. Übrigens nicht nur die Punks und die Rechtsradikalen, sondern auch die biederen Hausfrauen. Die neben uns sind eher die Ausnahme, so ungepierct und fast ungestochen. Na ja. Gerade kommt, wie von mir inszeniert, einer aus der rechten Szene vorbei, klein, vom Bodybuilding und den Hormonen aufgequollen, um die dreißig. Auf dem linken Unterarm und der Hand hat er maßstabsgetreu das Skelett der Arm- und Fingerknochen tätowiert und auf der Glatze den Reichsadler mit einer Aufschrift in Fraktur, aber so klein, dass man sehr dicht an ihn herantreten müsste, um die Botschaft zu entziffern. Hab ich bislang nicht gewagt. Er ist immer in Begleitung dieser Deutschen Dogge, groß wie ein Kalb, schwarz-weiß gefleckt, von ihm an einer geflochtenen dicken Lederleine gehalten. Wenn du das schreibst, wie der da steht und die beiden, Dogge und Herrchen, zu uns rüberblicken, wird dir das keiner glauben. Aus den Fingern gesogen. Ist aber so. Verständlich, dass es Ausländer nicht gerade hierher drängt. Wie gesagt, zwei chinesische Restaurants gibt's, einen Italiener, der mutig nach der Wende kam und mit seiner Pizza ein gutes Geschäft gemacht hat. Ein Freund hier behauptet, die DDR wäre nicht implodiert, wenn man mehr Italiener zugelassen hätte. Ja, und einen Inder gibt's auch, arbeitet als Arzt in Greifswald. Er sagt, er habe keine Probleme. Ihm gefällt es bei uns. Ich redete schon wieder, als müsste ich ihn ermutigen, hier die Deponie zu bauen. Ich hätte ihm sagen können, mir haben sie vor sieben Jahren noch Prügel angedroht und die Haustür vollgeschmiert: Linkes Schwein, wir kennen dich. Aber das ist vorbei.

Der Inder, kannst du dich an den Inder erinnern, fragte Euler, der hat manchmal an unserem Tisch gegessen?

Natürlich. Studierte Germanistik, sprach sehr gut Deutsch. Ein kluger Kopf.

Und er sah sehr gut aus, sagte Euler. Da kam doch eines Tages der Jurist und sagte, er sei mit dem Inder zu einem Empfang beim Vorstand der Versicherung eingeladen worden. Wir fragten uns, warum gerade die. Warum nicht wir? Gut, der Jurist war klar, aber warum nicht einer von uns dreien? Na ja, hat Falkner gesagt, Inder macht sich immer gut. Ausländer und fremd aussehend, aber nicht allzu fremd.

Später haben wir gehört, auch Falkner war eingeladen worden, hatte aber ganz im Sinne seines strengen existentiellen Schwarz Nein gesagt. Jedenfalls erzählte uns der Jurist am Montag, er und der Inder seien zu dem Bungalow des Direktors gekommen, München Bogenhausen, vom Gartentor zum Hauseingang neben dem gekiesten Weg standen kleine blakende Ölschalen, à la A-Gotha-Auffahrt. Begrüßung durch den Hausherrn im weißen Sommeranzug, daneben die Dame des Hauses mit doppelter Perlenkette zum lindgrünen Seidenkleid, und neben ihr, große Cour, die Tochter, ein dünnes Wesen im Dernier Cri, einem Courrèges-Kleid. Drei, ja, man sagt wohl Hostessen, also Studentenschnelldienst, standen da mit Tabletts, Sekt und Orangensaft, im Hintergrund dampften die Chromschüsseln. Der Inder und ich wurden denn auch begrüßt, das soziale Gewissen der Firma, der Doktor Direktor, der diesen Freitisch initiiert hatte, man ist ja selbst auch mal knapp bei Kasse gewesen, kennt man doch, stellte uns vor: unsere Stipendiaten. Der Freitisch wurde natürlich nicht erwähnt, ganz dezent, aber jeder wusste es sowieso.

Die obere Etage der Versicherungsgesellschaft war geladen und die Führungsebene anderer Firmen, Herren, die präsidenten, potentaten, monumenten herumstanden. Zigarren wurden angeboten. Danke, ich rauche nicht. Fragen an unseren netten Sharma, nach Gandhi, Shiva, nach den heiligen Kühen, und er gab immer höflich Auskunft, machte eine absolut gute Figur, schwarzer Anzug, etwas fadenscheinig, aber eben dadurch gediegen alt.

Ein Trampel aus Hamburg, eine dieser Eisenten, Frau eines Schiffsversicherers, fragte ihn denn auch, ob er aus einer Maharadschafamilie komme. Nein. Ist er ein Unberührbarer? Er, dem ja sonst jede Ironie abgeht, wuchs in dem Moment über sich hinaus, sagte mit einem Lächeln: Ja. Oh. Man sah, das Elb-Trampel wollte ihn anfassen, Demonstration ihrer Liberalität. Alles nicht so schlimm. Wir sind ja das Tor zur Welt. Er aber entzog sich stolz. Da hatte sich die Stimmung schon gelockert. Die Kapelle spielte auf: Klavier, Bass, Schlagzeug, übrigens nicht schlecht. Habe mit der Tochter getanzt, immer darauf geachtet, ihr nicht auf die schwarzen Lackschuhe mit den weißen Kappen zu treten. Brachte sie zu unserem Direktorvater zurück, der stand mit seiner Frau und dem Inder zusammen. Schönes Fest. Freut mich, sagt der nette Direktorvater und fragt unseren Sharma: Haben Sie denn schon mit meiner Tochter getanzt, und unser Brahmane, der so stolz auf sein idiomatisches Deutsch ist, sagt galant, nein, das Schwein habe ich noch nicht gehabt.

Ist dieser Kalauer nicht etwas viel?

Na, dann lest mal, sagte Euler im bayerischen Höflichkeitsplural, bei Arno Schmidt nach, was es da alles gibt. Zum Beispiel die Geschichte mit den Zuchthäuslern.

Ne, ne, der Jurist beteuerte, genau so sei es gewesen. Und wieder winkte Wittgenstein aus der Ferne, diesmal mit dem sogenannten Österreicher, einem Schild, das in der Flussschifffahrt die Durchfahrt verbietet.

Arnos Theorie von der Tiefenpsychologie der Sprache ist nach wie vor wichtig, sagte ich. Euler schien das nicht mehr zu interessieren. Er blickte über den leeren Rathausplatz.

Unser Jungautor behauptete mal wieder streng, die Sprache muss nicht fluid, sie muss genau sein, knapp, schnörkellos, kein Gedöns, kein Alltagsschnack.

Was heißt Schnack, mich interessiert die Alltagssprache, der Slang, hatte ich ihm damals geantwortet.

Hat Falkner nicht mal was in der Studentenzeitung geschrieben, fragte Euler. War doch so 'ne verrückte James-Bond-Geschichte.

Wir alle waren ja auf seine Sachen gespannt, aber niemand hatte, wie gesagt, etwas von ihm gelesen. Bis auf diesen Bericht in der Studentenzeitung.

Falkner war für zwei Tage in die Gänsefüßchen-DDR gefahren. Erzählte am Tisch nach seiner Rückkunft, noch immer mit diesem spezifischen Geruch nach Ostplaste und Reinigungsmittel behaftet, von seinem Abenteuer. Er hatte in der Uni Studenten aus Jena kennengelernt, darunter einen, der Philosophie und Astrophysik studierte. Die Ost-Gruppe war von einem liberalen Studentenverband eingeladen worden. Und Falkner, immer für Apartes zu haben, hatte mit denen diskutiert. Kapitalismus versus Sozialismus. Der Astrophysiker hatte ihn nach ein paar Tagen zu einer Diskussion nach Leipzig eingeladen. Falkner war gefahren. Am Bahnhof in Leipzig holte ihn der Astrophysiker ab, ist ganz einsilbig, macht ihn mit einem Mann bekannt, dick, klein, kaum Hals, Kopf wie 'ne Steckrübe, und verschwindet. Falkner geht mit der Steckrübe, die sich als Wirtschaftswissenschaftler und Assistent an der Universität vorstellt, durch die Stadt. Die Steckrübe geht mit eigentümlich tastenden Schritten, wie ein Blinder, der das Gelände mit dem Fuß vorfühlt. Falkner bekommt die Sehenswürdigkeiten gezeigt, das Haus, in dem die Bachs wohnten und arbeiteten, damals ein moderner Familienbetrieb, Thomaskirche, Gewandhaus, die Innenstadt, und fortwährend wird der realsozialistische Aufbau gelobt. Falkner will endlich diskutieren. Wo? Wann? Gemach, sagt die Steckrübe, auf Falkner warte ein kompetenter Gesprächspartner, der habe sich extra Zeit genommen. Wieso nur einer, denkt Falkner. Die Steckrübe führt ihn in Auerbachs Keller, wo tatsächlich ein höflicher Mann sitzt und wartet. Falkner legt sofort los, was ihm alles nicht gefällt am Sozialismus, keine Wahlen mit Gegenkandidaten, also nicht frei, keine freie Presse, Kommandowirtschaft, und überhaupt diese piefigen Vorschriften. Die Steckrübe läuft richtig rot an, widerspricht gehetzt. Der höfliche Mann – ein Professor, denkt Falkner – gebietet ihr Ruhe, sagt immer nur ja, ja, das sind Probleme, Übergangsprobleme, auch Fehler. Falkner trank von seinem Apfelsaft und sagte, ich lief gegen Schaumgummi, eine höchst langweilige, eingleisige Diskussion, die genau genommen keine war. Dann plötzlich und ganz unvermittelt zeigt der höfliche Mann seinen Pferdefuß, Sie können es glauben oder nicht, er hatte einen Klumpfuß, er fragt, ob er, Falkner, als interessierter politischer Kopf nicht Daten für eine wissenschafliche Arbeit an der Leipziger Universität liefern könne, und zwar über die Studentenorganisationen der Beadé. Was? Verstand nicht gleich BRD. Nichts Geheimes, nur Statistisches. Bezahlt würde die Arbeit auch. Ich war vielleicht naiv, sagte Falkner, dass ich gefahren bin und dachte, man könne diskutieren, etwas in Bewegung bringen, aber so doof war ich nicht, um jetzt nicht sofort den Schwefel zu riechen. Ich hab zu dem Klumpfuß Nein gesagt, basta, und bin am nächsten Tag abgereist.

Ging in München spornstreichs ins Polizeipräsidium.

Ja und? Die ratlosen Polizisten wussten nicht, was sie mit mir anfangen sollten. Des is nix Strafrechtliches. Gehn S' zum Verfassungsschutz. Also ging Falkner um die Ecke, klingelte, wurde eingelassen. Erzählte einem Beamten mit einer Thermoskanne auf dem Schreibtisch von seinem Erlebnis. Der Beamte schenkte sich Kaffee ein. Wollen S' auch einen? Nee. Also, sagte der, da müssen S' sich nix bei denken. Passiert immer wieder. Aber Falkner war empört, so gelinkt worden zu sein. Kann anderen doch auch passieren. Gut, dann müsse jemand kommen, der sich auskenne. Falkner überlegte, was er da in Gang gesetzt hatte. Er war also nochmals in die Behörde gebeten worden. Ein Mann saß hinter einem Schreibtisch. Hörte sich die Geschichte an. Dabei habe der Mann, ein in einen grauen Anzug gekleideter Mittdreißiger, dem der Krawattenknoten kühn heruntergezogen über dem halbgeöffneten Hemd hing, Zigarette im Mundwinkel, ganz Geheimagent vom Dienst, immer an ihm vorbei schräg nach oben in die linke Zimmerecke gestarrt. Schließlich habe sich auch Falkner umgeblickt, immer öfter, irritiert, weil er dort eine Kamera vermutete, aber nichts entdecken konnte. Die bayerische 007 fragte, nachdem er sich die Geschichte angehört hatte, ob Falkner, der ja offensichtlich ein kluger Kopf sei, sich nicht in Zukunft um Besuchergruppen aus der DDR kümmern und berichten könne. Nein, habe er gesagt. Ihr könnt mich mal. Und war gegangen.

Er hat dann über seine Erfahrungen im deutsch-deutschen Austausch in dem Studentenblatt veröffentlicht. Ein Bericht voller Empörung, nicht einmal witzig geschrieben. Und das immerhin nach Falkners Schmidt-Lektüre. Keine Sprachspiele, nichts. Ich muss sagen, ich war enttäuscht.

Weder von der einen noch von der anderen Seite hatte er, wie er später erzählte, je wieder gehört. Ist doch erstaunlich. Streit am Tisch gab's nicht. Gab ja auch keinen Wettbewerb untereinander. Keine Konkurrenz. Da man sich das Essen nicht selbst holen und vorlegen konnte, gab es kein Gerangel um das Essen, keinen Futterneid – einmal abgesehen von den Hähnchenschenkeln am Montag. Und sonst. Man traf sich zum Essen und ging wieder auseinander. Nur Falkner und ich sahen uns natürlich. Aber Falkner war mit dem Schreiben und den Frauen beschäftigt. Die Tischgespräche, das war das erzählte Erlebte, der kleine alltägliche Ärger, das waren die Kommentare zu den Zeitungsberichten, Höcherl mit dem Grundgesetz unterm Arm, Kanzler Erhard, dem die Zigarrenglut auf den Schoß gefallen war, und Lübke, immer wieder Lübke, die Germans are heavy on the wire, das waren Anekdoten, die man gehört hatte, dazu die Diskussionen über Gott und die Welt. Deutlich vor Augen, wie auf einem

Foto, habe ich, wer wo sitzt, mir gegenüber der Jurist, links Euler und rechts Falkner.
Du kannst dich bestimmt an die Diskussionen über die Notstandsgesetze erinnern, sagte ich. Ging ja hoch her.
Ja, stimmt, das war im Juni, als im Bundestag darüber abgestimmt werden sollte. Bei jedem Mittagessen die Diskussion, recht heftig, hauptsächlich zwischen Falkner, Euler und mir auf der einen und dem Juristen auf der anderen Seite.
Das war eine Vorahnung von der Auseinandersetzung, die drei Jahre später folgen sollte, mit Demonstrationen, brennenden Polizeiwagen und Hochschulbesetzungen.
Bei uns in dem Sommer nur ein Tischgespräch.
Falkner ereiferte sich, Gesicht gut durchblutet, ziemlich laut, das trug noch zu den Angestellten-Tischen hinüber. Neue Worte waren zu hören: Das Wort Demokratieabbau. Das Wort Pressezensur. Das Wort Polizeistaat.
Der Jurist hatte keinen leichten Stand, obwohl er ganz sachkundig argumentierte. Für den Notstand müssten gesetzliche Regelungen geschaffen werden. Das Widerstandsrecht, darüber erhitzten sich die beiden. Das soll doch eingeschränkt werden. Nein, es soll definiert werden. Nein. Ja. Kant

hat gesagt: Es kann kein Widerstandsrecht geben. Denn wenn die oberste Gesetzgebung eine Bestimmung zum Widerstand enthielte, könne sie nicht die oberste sein.
Du hattest dich ja richtig vorbereitet, sagte Euler.
Nun, ich hatte am nächsten Tag Friedrich Bouterwek zitiert, der Kant widersprochen hatte: Das sei der paradoxeste aller paradoxen Sätze, dass die bloße Idee der Oberherrschaft mich nötigen soll, jedem, der sich zu meinem Herren aufwirft, als meinem Herren zu gehorchen, ohne zu fragen, wer ihm das Recht gebe, mir zu befehlen.
Die Gesetzesänderung wurde am 15. Juni 1965 im Bundestag mit den Stimmen der SPD abgelehnt. Damit beruhigte sich die politische Diskussion am Mittagstisch.
Knappe drei Jahre später stimmten die Genossen, sie saßen inzwischen an den Fleischtöpfen der Macht, zu. Muss man sich mal vorstellen. Die Malaise der Sozialdemokraten, immer staatstragend die Genossen. In Bonn, auf der Demonstration, haben wir uns kurz gesehen. War das letzte Mal. Und kein schlechter Ort der Erinnerung.
Er nickte, aber ihm war anzusehen, dass er sich nicht erinnern konnte. Sah wieder hinauf zum

Turm der Marienkirche. Ein Falke kreiste dort auf seinem Raubzug.

Nach dem Notstand kam der Themenwechsel zu »Außer Atem«. Der Film lief wieder einmal im Theatiner-Kino. Nicht überraschend, Falkner hatte den Film in den letzten Jahren mehrmals gesehen, schwärmte von Einstellungen, die uns allen entgangen waren. Vor allem eine Szene schien für ihn die Summe seines damaligen existentialistischen Denkens zu sein: Belmondo liegt, von Schüssen der Polizisten getroffen, sterbend auf der Straße und sagt zu seiner Geliebten, die ihn verraten hat, »Du bist wirklich zum Kotzen«. Und dann kommt Falkners Air-France-Stewardess, die ausgezeichnet Deutsch sprach, zu Besuch, sie gehen ins Kino, sehen den Film mit deutschen Untertiteln, und sie sagt, das sei falsch übersetzt, es heiße nicht »Du bist«, sondern »Es ist wirklich zum Kotzen«. Falkner saß am nächsten Mittag enttäuscht am Tisch, behauptete, die etwas freie deutsche Übersetzung habe dem Film erst seine wirkliche Härte gegeben. Das andere sei weich, versöhnlich, nicht hart genug für diese wahnsinnige Liebe. Und dann der Verrat durch die Geliebte. Ja, diese Beziehung fand Falkners ganze Bewunderung.

Wir haben uns daraufhin nochmals den Film angesehen. Du, sagte ich, hast Falkner recht gegeben. Ich hingegen fand die französische Version eindeutig besser. Es ist wirklich zum Kotzen, das sagt doch etwas über die Welt, über das Sterben aus und schiebt der Frau nicht die Schuld in die Schuhe.
Und der Jurist?
Ich weiß nicht mehr. Jedenfalls habe ich dann ganz mannhaft in die begeisterte Runde gesagt, ich finde, der Film ist ein ziemlicher Kitsch.
Was? Die Münder standen offen.
Ja, ich finde, das ist dicker, schwarzer Kitsch.
Falkner schüttelte nur stumm den Kopf. Und du hast therapeutisch sanft zu mir gesagt, Mensch, du bist heute mit dem falschen Bein aufgestanden, sozusagen mit dem rosafarbenen.
Tatsächlich, sagte er. Er lachte. Hab den Film danach nie wieder gesehen. Wer weiß, vielleicht hast du recht.
Hätte ich an dem Tisch von Sabine und mir erzählen können?
Sie war keineswegs so dramatisch, die Trennung. Nicht zu vergleichen mit den Wundmalen, die Falkner still zur Schau trug. Kein Geschrei wie aus dem Nachbarzimmer, nicht einmal Tränen.

Dennoch war es unmöglich, über unsere Trennung zu reden, die sich über fast zwei Sommermonate hinzog. Die Tischgespräche drehten sich um Geldprobleme, Probleme mit Professoren und Vermietern, die große und kleine Politik. Keine Rede von dem, was ein paar Jahre später flapsig Beziehungskiste genannt wurde. Die Erregbarkeiten, Enttäuschungen, Erschütterungen, all die geheimen Wünsche und Ängste. Noch fehlte die Sprache. Noch hatten wir nicht Freud und Reich und Marcuse gelesen. Angst vor dem Versagen. Angst, keine guten Noten zu bekommen. Die gute Note, das war das Stipendium, das war auch der Freitisch, das war die Aufnahme in das Oberseminar. Besser als gut war immer sehr gut. Angst, nicht geliebt zu werden, verlassen zu werden, allein zu sein. Dir wird die Liebe entzogen. Du bist nicht mehr der Begehrte. Du bleibst allein zurück. Unvorstellbar, damals an dem Tisch zu sagen, meine Freundin hat sich von mir getrennt. Man litt stolz allein. Was für ein Bild war das, das man von sich hatte, von sich für die anderen haben musste. Keine Schwäche zeigen. Sabine hatte sich getrennt, nicht weil sie einen anderen Mann oder ich eine andere Frau getroffen und lieben gelernt hätte, sondern als

Ergebnis langer Gespräche. Ein Ende aus Gesprächen. Am Anfang waren es wunderbare Gespräche. Dauergespräche, sogar im Bett, wenn wir miteinander, gar ineinander waren, immer war es ein Gespräch, du wirst sehen, sagte sie, du kannst noch mal, warte, ich schaff das, mein Zaubermittel, Simsalabim, meine Zauberhand, warte, mit Geduld und Spucke, siehst du, lach nicht so, sonst geht es nicht, ja, wir lachten, und dann Stille, Flimmern, rote Kreise, bedingter Reflex, Kurzschluss der Synapsen.

Irgendwann hatten wir angefangen, über unsere Beziehung zu reden. Es begann, ja wann? Sabine wollte, dass wir zusammenziehen. Sie hatte eine Wohnung, Altbau, also Luft, viel Luft über dem Kopf, nicht wie in meinem Zimmer mit der Dachschräge. Jedes Mal, wenn ich mich schnell aufrichtete, stieß ich mir den Kopf. Und mich so zu legen, dass ich auf die abfallende Schräge blickte, war mir unheimlich, als stürze die Decke auf mich. Sie hingegen hatte über sich Stuckgirlanden, deren Verknotung man, die Hände unter dem Kopf, studieren konnte. Sie verdiente gut, arbeitete in einem Filmbüro als Assistentin, organisierte und telefonierte und schrieb, Assistentin, nicht Sekretärin, das betonte sie. Sprach

Englisch und Französisch und hatte etwas Zupackendes, einen fein ausgebildeten Sinn für das Machbare, eine Wahrnehmung, die das Mutmaßliche reduzierte, ich steh mit beiden Beinen auf dem Boden, sagte sie von sich selbst, nicht ohne Koketterie, ihre Beine konnten sich sehen lassen und, klar, sie ließ sie sehen. Die Dinge nüchtern sehen und nicht in Möglichkeitsformen entschweben, so etwas konnte sie sagen. Vielleicht wurde die Trennung ja dadurch ausgelöst, dass ich ihr mit dieser Schmidt-Lektüre in den Ohren lag. Die Beschreibung unserer Tischgespräche. Sie las, und ich muss sagen, mit Enttäuschung, sie konnte überhaupt nichts mit seinen Büchern anfangen, auch nicht mit »Das steinerne Herz«. Ich will es im Nachhinein nicht überbewerten, aber es war vielleicht der erste Haarriss, der das schöne Selbstverständliche, das unbefragte Zusammensein störte.

Sie wollte, dass wir zusammenziehen. Ich fragte, ob es gut sei, sich bei unseren unterschiedlichen Lebensweisen zusammenzutun. Sie wollte Nähe. Dauer. Nicht das Verschwinden, wenn ich nachts aufstand und zu mir in die Dachkammer ging. Ich lag bei ihr wach. Ich konnte neben ihr nicht einschlafen.

Neben Lina lege ich mich und schlafe ein und wache morgens auf und stehe auf. Gibt es so etwas wie Körperwellen, Bewegungen, Regungen, Laute des Schlafenden, die uns im Schlaf stören?
Sabine schnarchte nicht oder nur hin und wieder, nein, es war etwas anderes, etwas Grundsätzliches. Sie, eine feinfühlige Diagnostikerin geheimer Wünsche, sagte, dass du nicht schlafen kannst, liegt an deiner Angewohnheit wegzugehen, liegt daran, dass du weißt, du hast ein Zimmer, wohin du dich zurückziehen kannst. Und sie hatte den Verdacht – nicht unbegründet –, dass es in dieser Dachwohnung lustig zuging, mit diesem Jungautor und den anderen zwei Studenten und dem Kühlschrankvertreter. Sie mochte Falkner nicht. Diese betonte Bindungslosigkeit auf Kosten der Frauen, und das dann auch noch verbrämt mit dieser Lonely-Wolf-Attitüde. Sprach's mit einem gedehnt hasserfüllten Ü. Was hält dich in der Wohnung? Sie hatte den Verdacht, dass ich ihr etwas verschwieg. Es war ein Streit, der sich jedes Mal, wenn wir uns sahen, wiederholte. Warum doppelt Miete, Strom, Wasser zahlen, sagte sie mit ihrem Sinn für das praktisch Vernünftige. Und sie sagte dann auch, das ist unvernünftig.
Muss man denn immer das Vernünftige tun?

Wenn wir zusammen schlafen, warum nicht richtig?
Du meinst beischlafen, das muss doch nicht zwingend mit gemeinsamem Aufwachen verbunden sein.
So ging das hin und her im Juni bis in den Juli. Hätte ich am Tisch sagen können, ich hatte wieder eine nächtliche Diskussion mit meiner Freundin über den notwendigen Zusammenhang von Miteinander-Schlafen, also Beischlafen, und gemeinsamem Schlafen mit Aufwachen, also Zusammenleben? Nein, es hätte nicht in unsere Tischgespräche gepasst.
Ich hätte dann auch das sagen müssen: Es ist wunderbar, morgens allein aufzuwachen, dazuliegen, aufzustehen, nicht reden zu müssen, der Blick in den Himmel, dann pinkeln, dann Teewasser aufstellen, warten auf das Sieden, Sprudeln, Teetrinken.
Aber dann, als ich schließlich zu ihr sagte, gut, lass uns zusammenziehen, weil mir Falkners Besuche zu laut wurden, ja, und ich war wie gesagt klamm, sagte sie, nein, besser nicht. Ich habe in den letzten Wochen eingesehen, wir passen nicht zusammen. Lass uns gute Freunde werden.
Da sie die Dinge, wie sie selbst sagte, nüchtern

sah, hatte es keinen Sinn, sie überreden zu wollen. Es war gesagt. Und wir trafen uns, keine Vorwürfe, kein Zank mehr. Nicht einmal das Entsetzen über das Verlassensein. Nein, freundschaftliche, aber plötzlich langweilige Gespräche, Gespräche über uns, über Bekannte und Freunde. Ein Sozial-Small-Talk. Nichts mehr über das Geheimnis von Simsalabim. Dafür Wiederholungen. So ganz anders als unsere Tischgespräche. Das war der Juli. Es war nicht einmal Trauer. Nicht das Gefühl, etwas Unwiederbringliches sei für immer verloren. Es war einfach so: Etwas war zu Ende gegangen.
Weißt du, sagte ich, und ich sagte es so laut, dass die Kaffee trinkenden Frauen am Nebentisch es hören konnten, weißt du, sagte ich zu Euler, eine Zeit lang habe ich mir nicht vorstellen können, mit jemandem für immer zusammenzuleben. Das kam erst später, mit Lina.
Die Norwegerin? Wo haste die kennengelernt?
Wo man Norwegerinnen eben kennenlernt. In Regensburg. Hatte gerade meine Stelle als Deutschlehrer angetreten. Ein Kollege hat mich eingeladen. Da saß diese junge Frau, die ein Stipendium in Regensburg bekommen hatte. Dachte zuerst, sie sei Französin. Das, wie ich glaubte, franzö-

sisch getöntes Deutsch und das Bild von der Petite femme im Kopf, wir wissen ja, was Wittgenstein dazu sagt, ich meine zum Bild, so wie sich das von der Norwegerin, mal ehrlich, an der Schuhgröße 44 orientiert. Der Vorstellung entsprachen nur ihre knallblauen Augen. Ich gewann ihre Aufmerksamkeit – nein, nicht mit Arno Schmidt, der war noch nicht ins Norwegische übersetzt, sondern durch meine Begeisterung für Hamsun. Damals las ich gerade den Roman »Mysterien«. Du siehst, sogar Hamsun kann zu einer guten Ehe führen. Wir haben schon die silberne Hochzeit hinter uns.
Nicht schlecht bei der durchschnittlichen Verfallszeit der Ehen heute, sagte Euler, und dann mit einem Assoziationssprung: Arno war ja auch in Norwegen.
Ja. Im Krieg, Unteroffizier. Ich hab sogar eine handschriftliche Karte von ihm. Gibt auch ein Foto. Zeigt ihn, das Gewehr geschultert, besonders stramm marschierend. Er muss ein Pedant sogar im Militärischen gewesen sein, wie du an der flachen linken Hand siehst. Ich glaube, sehr nervend, wenn man ihn näher gekannt hat. Du hast ihn ja erlebt, versuchte ich, ihn auf die Spur zu bringen.

Ja. Ja, sagte er, aber erzähl noch von deiner Frau. Wie heißt sie, fragte er nun schon zum dritten Mal.
Ich hätte ihm erzählen können, wie diese Lina lacht, ein melodisches wunderbares Lachen, wie sie sich in den Shops für Fabrikreste Kleider und Kostüme kauft, von denen Freunde in Berlin denken, es seien Markenklamotten. Jil Sander oder Prada? Sie lächelt fein und sagt, nein, das Kleid hat dreißig Euro gekostet. Grabbelkiste. Glaubt ihr natürlich keiner. Allerdings täuscht auch ein wenig ihr Schmuck, alter Familienschmuck, sieht man, von der Großmutter geerbt, eine Goldkette wie zum Ankern geschaffen, Granatschmuck, Ringe, zierliche, mit Smaragden und Brillanten. Sie hat kaum Bargeld mit in die Ehe gebracht, dafür aber einen kleinen Nibelungenhort. Und eine eigene Familiensaga. Ihr Großvater ist bei der Bärenjagd umgekommen, ein Fehlschuss, dann, muss man sich vorstellen, stinkender Atem und ein paar gelbe Hauer. Hat den Bären noch mit dem Jagdmesser getötet. Regelrecht niedergemetzelt. War aber von den Bissen und Krallen so verletzt, dass er drei Tage später gestorben ist. Bis zuletzt bei Bewusstsein. Hab die Hölle gerochen, muss nicht mehr rein, soll er gesagt

haben. Sie hat etwas von seiner Stärke. Sie lacht. Sie kann in Minuten eine heillose Unordnung schaffen. Sie ist großzügig und verliert gern, auch von dem Nibelungenhort. Ach, ich könnte sagen, sie singt, eine wunderbare Stimme. Morgens allerdings dauert es einige Zeit, und sie muss Tee getrunken haben, eine Kanne, denn ihr Blutdruck ist der eines Reptils, aber dann höre ich sie im Garten singen. Die »Schöne Müllerin« oder norwegische Volkslieder. Auch Edvard Grieg, »På Hamars Ruiner« oder »Ragnhild«. Wir sind uns einig, dass Adornos abschätziges Urteil über Grieg einfach Quark ist. Sie unterrichtet Englisch und Französisch. Sie kämpft um die Schüler, die gefährdet sind, so wie sie jedes Mal um die Versetzung unseres zweiten Sohns kämpfte, mit ihm arbeitete, eine Engelsgeduld, genau, bis er sein Abitur bestanden hatte. Er, der jetzt, wie auch der Ältere, eine Geld-Karriere macht. In der Natur findet sie sich zurecht wie ein Pfadfinder. Weiß auf Anhieb die Himmelsrichtungen. Verläuft sich aber in jedem größeren Gebäude. Liest sie, ist sie in sich unerreichbar versunken. Was nicht gesagt, nur geschrieben werden darf, dass sie, wenn wir miteinander schlafen, manchmal singt, nein, es ist ein feines fernes Summen, das

langsam ein wenig ansteigt und in einem hellen Ton endet. Und natürlich auch das, ihr gudrunhaftes Gen.
Du bist ein Schwärmer, sagt sie.
Nein, ich bin Realist. Ich glaube an die Wesenheit der Begriffe, also auch an den der Liebe.
Der Jungautor, der inzwischen nicht mehr jung ist, sagte, als er uns besuchte: Das ist ja rührend.
Was?
Na, so wie ihr lebt. Hermann und Dorothea.
Euler hatte ruhig mein Schweigen begleitet, wartete geduldig auf eine Antwort.
Sie heißt Lina. Komm uns besuchen. Sie macht einen ausgezeichneten Streuselkuchen, und man kann wunderbar mit ihr diskutieren. Sie hat mich links überholt, während die beiden Jungs rechts an mir vorbeigezogen sind. Und du musst dir meinen Rosengarten ansehen, die Arbeit der letzten Jahre.
Der Garten, 'ne schöne Kunigunde und ein guter Kuchen, sagte Euler, nicht schlecht. Hätte Arno wohl auch gefallen. War aber, der Arme, was Frauen anging, ziemlich vergrätzt, ließ allenfalls die Lolitas gelten. Hat man je gefragt, was stramme Feministinnen zu Arnos Frauenbild sagen? Besser nicht.

Ein klappriger Renault fuhr mit aufgedrehten Lautsprechern vorbei.
Und, fragte er, habt ihr Kontakt mit den Leuten?
Ja. Bin in einem Projekt für Nachhilfe. Guter Kontakt zu den sogenannten bildungsfernen Schichten. Er nickte anerkennend. Na, und dann die guten Freunde. Ehemalige Kollegen. Aber nicht nur. Auch ein Schiffsmaschinist, jetzt in Rente, früher auf einem Oderschlepper, aber noch mit dieser erstaunlichen Bildung. Was haben die Leute hier gelesen, auch die sogenannten einfachen. Müsstest mal erleben, wenn der von den Hirtengedichten Vergils schwärmt. Hat sich eine Sonderausgabe vom Aufbau Verlag gekauft, zum 2000. Todestag. Zitiert daraus aus dem Kopf. Erstaunlich das Interesse, die Belesenheit der Leute damals. Gutes Schulsystem, auch für die unten. Das Lesen ist vorbei. War ja auch ein Grund, warum ich hergekommen bin, wollte das Verschwinden einer doch anderen Lebensform studieren.
Na ja. Hast die früher ja auch unterstützt. Er lächelte, nicht bösartig, und doch konnte man ihm auf der Stirn ablesen: Das ist also aus dem revolutionären Projekt der neuen Gesellschaft geworden – Nachhilfe in Deutsch.

Wohl wahr. Jetzt eben 'A bas ins Hühnergefieder. Gibt viel Verdruss hier. Und Wut. Das heißt, allmählich wechselt die in Gleichgültigkeit. Ich muss nichts weiter von Missmut und Frust und den Goldgräbern aus dem Westen erzählen, die auch hier abgeräumt haben. Das kennst du ja.
Und nach einer kleinen Pause, in der wir dem Renault nachschauten, der mit wummernden Bässen jetzt schon zum dritten Mal vorbeifuhr, gab ich mir einen Ruck und fragte ihn, wo soll die Deponie denn hin?
Er machte eine fahrige Bewegung nach Westen, irgendwo da. Und dann sagte er recht heftig und so, als müsse er mich beruhigen, aber das ist noch nicht sicher. Alles noch Vorüberlegungen. Wir sind noch weit weg von der Planung. Die Stadt hat Vorteile, hier gibt es einen Hafen, die Peene ist schiffbar, gutes Verkehrsnetz. Und noch eins, es ist keine Giftmülldeponie. Überhaupt, das ist alles abgesichert. Umweltverträglich. Amtlich kontrolliert. Grundwasser wird gesichert, alles tipptopp. Und wenn es dazu kommt, bringt es wirklich Arbeitsplätze. Er redete auf mich ein, als hätte ich schon ein Transparent in den Fäusten: Keine Mülldeponie!
Ich kannte ihn ja, das war nicht so schwärme-

risch, so begeistert vorgetragen wie vorhin die Optimierungsprobleme mit Zeichnungen und allem Drum und Dran oder die Elefantenhochzeit. Und schon gar nicht in der Tonlage, in der er uns mit seinen »Kühen in Halbtrauer« in den Ohren lag. Das war allerdings auch noch eine Zeit gewesen, in der man Zuwendung, ja Liebe durch Literatur gewinnen konnte. Zumindest geneigte Aufmerksamkeit, aus der dann mehr und mehr und viel mehr werden konnte.
Ich fragte ihn ganz unvermittelt, erinnerst du dich an unsere Fahrt nach Bargfeld?
Natürlich, ja, sagte er. Aber er sagte es eher so, als wolle er nicht daran erinnert werden. Ziemlich verrückt.
Ja. Schön verrückt.
Ich muss jetzt langsam, sonst kommen bei mir alle Termine ins Rutschen.
Der Wirtschaftsförderer kam vom Rathaus über den Platz gelaufen, trat an unseren Tisch, hatte für mich nur ein kurzes Nicken, sagte, Entschuldigung, wir haben Sie vom Rathaus aus hier sitzen sehen. Ich wollte Ihnen noch ein paar Unterlagen nachreichen. Hier einige Daten, die für die Entscheidung vielleicht wichtig sein könnten. Darf ich, er zog sich einen Stuhl heran, und schon saß

er neben Euler. Blätterte in einer Klarsichtmappe, zog ein paar Blätter heraus. Sehen Sie hier, und sehen Sie da. Die Fläche, darüber würden wir schnell einig werden, denke ich.
Ich hörte Euler gut, gut sagen und sah, er war nicht bei der Sache. Er rief der Bedienung zu: Bitte die Rechnung.
Gott, wie sich das anhörte, die Rechnung, als hätten wir Seezungen gegessen und dazu einen guten Chardonnay getrunken. Man merkte, welche Bewirtungskosten für ihn normal waren.
Nein, Euler, ich zahle, hier bist du Gast.
Okay.
Der Dezernent stutzte einen Moment, der Name, so hieß der doch nicht, der war doch unter einem anderen Namen gemeldet. War er einem Hochstapler auf den Leim gegangen? Man sah ihm an, er schob diesen lästigen Gedanken beiseite, dann zählte er weiter auf, was die Stadt alles noch bereitstellen könnte. Und den Hafen sowieso, der ja nicht ausgelastet sei, wie er wohl selbst gesehen habe, dennoch, falls erforderlich, wäre eine Bereitstellung von Fläche möglich. Der Mann kämpfte fürs Allgemeinwohl. Er ließ es sich wirklich sauer werden. Er schwitzte.
Ich muss jetzt los, sagte Euler und stand auch

sofort auf. Deutlich spürbar, er wollte diesen engagierten Vertreter der Stadt loswerden.
Geh schon, ich zahle.
Auch der Dezernent war aufgestanden. Sah mich einen Augenblick hilfesuchend an. Verzog das Gesicht, ein Lächeln. Mehrere Warzen, gesellig lebend, auf seiner Wange.
Wie schön, was uns vorformuliert das dann Gesehene vergnüglich macht.
Schulterklopfen beim Abschied, keine Umarmung, aber doch ein wenig mehr Nähe als das Händegeben am Anfang. Wir sehen uns, sagte er und ging zum Parkplatz hinüber. Hoffentlich nicht in dieser Stadt, dachte ich.
Der Dezernent ging Richtung Rathaus. Hängende Schultern. Hielt er die Anwerbung für verloren, oder dachte er nur nach, wie das Angebot nochmals zu verbessern sei? Die Verantwortung lastete wohl.
Wenig später kam Euler in seinem Saab am Café vorbei, das Verdeck offen, er hupte kurz, winkte, die beiden Punks sahen mich an, jähe Verachtung in den Augenpaaren. Die Kaffeetanten hielten sich an den Tassen fest. Die Ampel sprang auf Rot. Er musste halten. Eine alte Frau ging, auf den Rollator gestützt, über die Straße. Sie war,

als die Ampel auf Grün sprang, immer noch nicht auf der anderen Straßenseite angelangt. Endlich konnte er anfahren. Seine Ungeduld ließ die Reifen zwitschern. Ein wenig zu heftig, und das wird ihm jetzt peinlich sein, dachte ich.

Am Dienstagmittag hatte er verkündet, am Wochenende könne er wieder den Wagen seiner Bekannten haben. Er wolle nochmals nach Bargfeld fahren. Hat jemand von euch Lust? Sah gespannt in die Runde. Diesmal werde sich ganz sicher der große Meister zeigen.

Der Jurist machte wieder seine Schlafwagenfahrt nach Italien und schied aus. Falkner wollte nicht. Er sagte nicht geradeheraus, dass er diese groupiehafte Unternehmung etwas infantil fände, aber seine wegwerfende Handbewegung sprach für sich.

Und du? Die Scheibenwischer sind repariert. Hab ich bezahlt. Und das Wetter soll gut werden.

Geht schlecht, sagte ich. Ich sitze an einer Seminararbeit. Und habe eine Verabredung. Andererseits, dachte ich, vielleicht ist es ganz gut, am Wochenende aus München zu verschwinden.

Ne Verabredung lässt sich doch verschieben.

Ich überleg mal.

Am Mittwoch nahm mich Euler nach dem Essen

beiseite, sagte, komm mit, duzte mich, ich lad dich ein. Wir schlafen in dem Gasthof.
Ich sagte, mal sehen.
Am Donnerstag abermals. Euler war zäh. Ich verstand nicht ganz, warum er mich unbedingt dabeihaben wollte. Er verfolgte seine Vorhaben mit der Hartnäckigkeit eines Bibers. To work like a beaver. Am Donnerstag war ich immerhin so weit, dass ich fragte, woher er denn wisse, dass Arno uns, ich verbesserte mich: dich, empfangen werde.
Lass dich mal überraschen.
Natürlich hätte mich das skeptisch machen müssen, dieses handlungsaufschiebende Lass-dich-Überraschen. Auch das kumpelhafte Du. Bisschen Spannung muss sein, sprach Wallenstein.
Warum er nicht allein fahren wollte, mochte ich nicht fragen. Ich sagte, es passt schlecht. Nein. Aber dann schreckte mich die Vorstellung, am Sonntag zu Hause zu sitzen und an Sabine und ihre braunen Beine zu denken, die sie auf ihren mir so vertrauten Sessel legt und einem Freund, mit dem sie nur so freundschaftlich ist wie jetzt mit mir, erzählt, wie und warum sie sich gerade getrennt hat, weil der, ich, so unentschieden war, und als er, ich, sich dann endlich entschieden hat-

te, da war bei ihr das Feuer aus. So etwas konnte sie sagen. Bei mir ist das Feuer aus.
Ich sagte, als Euler anrief und nochmals fragte, gut, ich komme mit.
Am Samstag holte er mich ab. Falkner stand, als ich mit der Reisetasche rausgehen wollte, im Flur und schüttelte den Kopf, sagte dann aber, Moment, ging in sein Zimmer, kam mit den »Kühen in Halbtrauer« wieder raus, sagte, bring mir 'ne Unterschrift mit, damit ich's glaube, dass ihr ihn gesehen habt. Und Petri Heil!
Das VW-Cabrio war knallrot. Auf dem Rücksitz lag, mit einer Plane abgedeckt, ein Stativ. Fotoapparat?
Wart ab.
Ich traute Euler alles zu. Vielleicht wollte er Aufnahmen mit einer dieser alten Plattenkameras machen, die so unvergleichlich Licht und Schatten in Tiefe verwandeln. Aber ließ sich Arno Schmidt so einfach fotografieren? Hatte er sich doch selbst als abweisend muffig beschrieben.
Und Euler wiederholte: Wart ab. Bisschen Spannung muss sein.
Das Wetter war schön, kein Regen, Wolken, nicht zu heiß, nicht zu kalt. Wir konnten sogar das Verdeck aufklappen. Das Cabrio hatte Radio und ei-

nen Kassettenrekorder. Ich musste die Kassetten reindrücken. Die Beatles. Nee, lieber die Stones. Zwischendurch suchte ich im Radio. An einer Steigung vor Kassel roch es stark nach Bakelit. Irgendetwas war durchgeschmort. Offensichtlich ein überflüssiges Teil, denn der Wagen fuhr weiter.

Am Abend kamen wir in Celle an. Hielten vor dem Gasthof. Euler wurde wie ein guter Bekannter mit Hallo begrüßt – aber leider kein Zimmer frei. Eine Dorfhochzeit tobte im Festsaal. Ein Gast, recht bräsig um Nase und Wangen, sagte mit Blick auf den Rücksitz unseres Cabrios, ah de Fotograaf. Stand und schwankte sacht im Abendwind.

Wir wurden in einer gegenüberliegenden, von einer Witwe geführten Pension einquartiert. Motten hatten bei diesem Naphthalingestank keine Freude. Billig. Fünf Mark pro Person, ohne Frühstück. In dem Zimmer zentral ein wuchtiges Ehebett, an Kopf- und Fußende Messingpalisaden, auf der Kommode, auf dem Schrank, alles schwere dunkle deutsche Eiche, Marder, Iltisse, ein Fuchs, an der Wand, neben viel Gehörn, ein Uhu, daneben ganz traulich auf kleinen Ästen, alle abflugbereit, verschiedene Singvögel. Euler, der sich auskannte, zählte auf: Rotkehlchen, Zaunkönig, Singdrossel, Rohrdommel, wie genau das Volksohr doch ist, Dommel, so singt der Vogel nämlich. Wir schliefen in dem Ehebett wie in einer Hängematte. Generationen hatten die Matratze und die Sprungfedern zu einer Hängematte gevögelt. Es quietschte. Es krachte. Euler schnarchte. Redete im Schlaf. Wahrscheinlich schon in Vorbereitung auf Schmidt. Wir lagen schwitzend Rücken an Rücken. Von draußen hörte man Musik und das Singen, mehr ein Grölen, der Hochzeitsgesellschaft. Da waren inzwischen so einige Steinhäger gekippt worden. Über mir die bedrohlich dunkle Masse des Uhus, ein leichter Glanz in den Glasaugen. Umdrehen ging ja nicht. Wie mit Sabine konnte ich auch neben ihm keinen Schlaf finden. Ich hätte ihn fragen müssen, ob Frauen neben ihm schlafen können oder auf eigenem Bett und Zimmer bestehen. Es sagt ja gar nichts über die sonstige Nähe, die Zuneigung, die Liebe aus. Eher im Gegenteil. Hatte er überhaupt eine Freundin? Es dämmerte, und die Vögel blickten stumm und vergnügt auf uns herab. Der Fuchs auf dem Vertiko hatte, wie ich jetzt im Morgenlicht sah, ein maliziöses Grinsen um die Lefzen. Was musste der aber auch alles im

Laufe der Jahrzehnte in dieser Lottergrube mit angesehen haben.

Euler wachte mit einem Erleichterungsschnarcher auf. Klo und Waschbecken auf dem Gang. Dusche? Haben wir hier nicht. Für fünf Märker. Wo sind wir denn. Wünschen womöglich noch so was Französisches wie 'n Bidet, die Herren.

Hatte Haare auf den Zähnen, die Alte, dachte man gar nicht, wenn man sie so in ihrem Blümchenkittel sah, den grauen Zopf zur Schnecke hochgesteckt.

Zum Frühstück gingen wir in den Gasthof rüber. Dort saßen ein paar der Hochzeitsgäste, grau und matt, gabelten Heringshappen. Keine Gespräche, schwer lastendes, dumpfes Schweigen. Draußen tobten die Kinder. Das Bauernfrühstück kam, wie schon von Euler an unserm Freitisch beschrieben: eine Schüssel mit Bratkartoffeln und mindestens zehn Eiern. Daraus erwächst der massige Heidebewohner. Auch die Bewohnerin.

Da, siehst du.

Schaff ich nie.

Du musst, sagte Euler.

Euler zahlte, rief laut und gut ausgeschlafen: Sonne dendelt. Birken gindeln, Schelfe käfen, Schruben zwetschen.

Die Wirtin sah ihn verdutzt an und raffte den weißen Kittel über dem alles sprengenden Busen zusammen. Sie musterte Euler vorsichtig. Hatte wohl schon Gäste gegeben, die aus dieser Präparatoren-Pension am nächsten Morgen derart verstört aufgetaucht waren, dass die Hebamme von nebenan geholt werden musste, um ihnen die Stirn mit Klosterfrau Melissengeist einzureiben.
Euler klappte das Verdeck auf. Hatte er am Abend extra verschlossen, wegen des Stativs, und los ging's, vorbei an gindelnden Chausseebäumen. Ich konnte ihm die Erwartung ansehen. Musik wollte er nicht hören, er wolle die Landschaft atmen, sagte er. Einen derart verquasten Satz hatte ich noch nicht von ihm gehört. Irgendwelche Endorphine warfen bei ihm sprachliche Blasen.
Dann das gelbe Ortsschild: Bargfeld.
Er fuhr langsam, aber zielstrebig an den Gehöften vorbei, den Eichen, dann abbiegen, ein Sandweg, der hinaus ins Feld führt, und da steht es, ein Haus, klein, Satteldach.
So, sagte er und hielt etwas entfernt davon.
Wir stiegen aus. Ich ging hinüber zum Zaun, sah den Handbrunnen, den Plastikschlauch, tatsächlich grässlich rot, aber aufgerollt. Karotten,

Levkojen, strotzender Lauch, ein, zwei Kakteen. Niemand war zu sehen. Der Meister ließ sich nicht blicken, auch nicht Alice, seine Frau. Niemand auf der kleinen überdachten Terrasse, ein Tisch, zwei Stühle, am Boden eine Schüssel, aus der Kartoffelschalen ringelten. Stille. Birken flirrten.

Zurück zum Wagen. Euler zog die Plane von dem Stativ auf dem Rücksitz herunter, sagte nochmals so, hob das Gerät, das kein Fotoapparat war, heraus. Ein Theodolit, erklärte er in mein sicherlich schafähnliches Gesicht. Du wirst sehen, er wird sich zeigen. Lass dich überraschen. Soll ja auch für dich was Nettes sein. Er hob vom Rücksitz zwei Messlatten, steckte sie zusammen, die nimmst du und stellst dich da hinten hin, nicht zu nahe am Zaun, etwas weiter weg vom Garten, steckst sie in die Erde, und ich peile dich mit dem Theodoliten an.

Ich tat wie geheißen, und er baute den Theodoliten auf und schickte mich wie ein Dirigent mit kleinen Handbewegungen in der Landschaft hin und her. Mal weiter entfernt vom Schmidt'schen Grundstück, mal etwas näher. Er peilte durch das Okular, hatte sich eine kleine Tafel um den Hals gehängt und notierte darauf Zahlen. Winkte mir, weiter wegzugehen. Dann so, dass ich mich mit der Messlatte über eine Ecke des Schmidt'schen Grundstücks stellen musste. Er peilte, und tatsächlich, da kam der Meister aus dem Haus. Ging bemüht beherrscht, aber doch von ungestümer Neugier getrieben an den Zaun. Nicht klein war er, eher groß, schlank, die Brille, der große Kopf, langärmeliges beiges Hemd, dunkelgraue Hosen, an den Füßen Sandalen. Etwas enttäuschend der Mann, sah aus wie ein Versicherungsangestellter, allerdings in Freizeitkleidung. Er kam an den Zaun, stand einen Moment da mit fragend gerunzelter Stirn, als müsse sich Euler erklären. Der aber sagte nichts, ging stumm und konzentriert seiner Arbeit nach.

Schließlich hielt es den Meister einfach nicht mehr, und er fragte, was messen Sie denn da?

Und Euler, der sich gerade mit einer gleichmütigen Miene Zahlen notierte, sagte: Is für 'n größeren Bau.

Was für 'n Bau?

Ne Halle.

Halle, hallte es ziemlich laut aus des Meisters Mund. Was für 'ne Halle?

Hier kommt 'ne Mastanstalt für Schweine hin. So um die dreitausend Tiere. Mit Güllebassin.

Dem Meister entrang sich ein gequältes, aber deutlich hörbares: Nein.
Doch, sagte Euler ungerührt, und zu mir: Gute zehn Schritte nach rechts, da, wo wir den Merker reingesteckt haben.
Schmidt stand und starrte: Hat der Bauer denn verkauft?
Ich denke ja, sagte Euler.
Der Meister lugte bösartig ums Brilleneck. War das Einbildung oder hörte ich ihn schnaufen, fassungslos, empört? Ein Das-gibt-es-nicht kam aus seiner gequälten Brust.
Nein, sagte Euler und lachte los, das gibt es wirklich nicht. Und er gluckste dreist: Entschuldigen Sie. Ich war neulich schon da, ich wollte Sie sprechen. Ich hatte Ihnen einen Text von mir geschickt.
Es dauerte einige Zeit, bis der Meister begriff, und sein Gesicht machte dabei interessante Entwicklungen durch, zuerst Staunen, ja, einen Moment lag in diesen Logarithmen-geprägten Zügen so etwas wie Begriffsstutzigkeit, sodann Erhellung, von Empörung gefolgt, Fragen, wieder Unsicherheit, Zweifel, und endlich war da doch ein Zwinkern und schließlich, als er verstehend begriff – ein Lachen. Kommen Se rein, sagte er zu

Euler. Und Euler sagte zu mir, der ich mit dieser Messlatte in der Hand am Zaun stand, pass einen Moment auf die Geräte auf, sind doch nur geliehen, und deutete auf den Theodoliten.

Er verschwand mit dem Meister im Haus. Ich stand und wartete, und in mir stieg langsam eine sich verstärkende Wut auf, ich spürte die Hitze, die nur ein wenig gekühlt wurde, als die Frau des Meisters mir ein Glas Apfelsaft an den Zaun brachte. Ihr Freund kommt gleich, bei uns drin is es 'n bisschen eng. Müssen Se wissen.

So viel zu der Gastfreundschaft von Schriftstellern.

Tatsächlich kam Euler bald raus, kam an den Gartenzaun, sagte, hol mal die Bücher zum Signieren. Macht er, ausnahmsweise.

Einen Moment wollte ich sagen: Hast du 'nen Knall, lauf selbst, aber dann dachte ich, ist er erst mal raus aus dem Garten, kommt er womöglich nicht mehr rein. Also lief ich und holte die drei schief gelesenen Exemplare von »Kühe in Halbtrauer«.

Und kurz darauf kam Euler mit den Büchern wieder raus, ging schweigend, geradezu missmutig zum Theodoliten, klappte das Stativ zusammen, sagte, nimm die Messlatte.

Er verstaute alles auf dem Rücksitz. Ausgeliehen von einem Bekannten, Student, angehender Bauingenieur. Braucht er am Montag. Macht im Englischen Garten eine Übung.
Wir fuhren langsam durch Bargfeld hinaus auf die Landstraße und dann zur Autobahn. Er schwieg beharrlich.
Nun sag schon, was war?
Einsilbig murmelte er: Immerhin, er hat gelacht, und ich hab die Bude mal von innen gesehen. Gott, was da für 'n Nippes rumsteht. Musste gesehen haben, so eine grässliche Birkenscheibe, bemalt mit 'ner Heidelandschaft. Glaubste nicht.
Musste gesehen haben ist gut, giftete ich, ich stand ja draußen.
Ging nicht anders. Glaub mir. Hätt er gesagt, Ihr Kollege soll mal reinkommen, aber so, sagte nix.
Ich fragte ihn dann auch gemeinerweise: Du hast ihm einen Text von dir geschickt?
Ja.
Was hat er denn gesagt?
Schweigen. Dann, geknurrt: Wackeres Schmidt-Imitat. Euler drückte das Gaspedal bis zum Anschlag durch. Wir krochen den Berg vor Kassel hoch. Und wieder roch es nach Bakelit. Und wieder schmorte etwas Überflüssiges durch.

Das war alles?
Ja. Das heißt, er hat noch gesagt: Ich kann bei der Sprachzerhacke nur abwehrend die gespreizten Hände aufstellen. Dann schon besser solide erzählen.
Wie wer, hätte ich ihn fragen sollen.
Alice Schmidt hat Apfelsaft gebracht. Hab ihr gesagt, dass du draußen auf die Geräte aufpasst, und da hat sie dir ja auch ein Glas gebracht. Er hat, als ich rausging, noch gefragt: Gibt's was Gutes unter den Neueren?
Nee, hab ich trotzig gesagt. Bis jetzt nicht. Aber bald.
Ich habe wieder die Kassetten gedrückt. Wir haben wenig geredet. Einmal bin ich eingeschlafen und hatte einen merkwürdigen Traum. Die ausgestopften Vögel flogen munter über dem Bett hin und her. Sie sangen mit menschlichen Stimmen. Auch ein sehr schöner Bass war zu hören. Der Uhu.
Kurz vor Würzburg wachte ich auf, und wir wechselten uns am Steuer ab. Ich dachte, dass ich im Traum vielleicht das Singen der Hochzeitsgäste auf die Vögel übertragen hatte.
Ein Kaktus stand da auch, sagte Euler unvermittelt, so ein kleiner, und Euler zeigte die Größe mit

einer Fingerspanne an. War auch 'ne Blüte dran. Weißt du, was das Haus ist?
Nee.
Eine Wortdestille. Wenig später nickte er ein.
Ich wusste, die Möglichkeit, Schmidt in seiner Werkstatt, in seinem Heim zu sehen, ihn reden zu hören, die wird es nicht mehr geben. Später, Jahre nach seinem Tod, habe ich das Haus besucht. Anrührend die eingelegten Gurken, die etikettierten Marmeladen, die von ihm beschrifteten Zettel und Kästen. Diese Bücherbarrikaden an den Wänden. Aber es war ein Museum. Und natürlich dachte ich an unsere Fahrt nach Bargfeld. Statist, der ich war. Wie das beschreiben, was mich damals neben dem schlafenden Euler bewegte? Wut, Trauer und Neid. Und wo ist der Ort, in dem das nistet? Gehirn, Galle, Herz?
Die Seele?
Auch nur Gedankenfacetten, zahllos.
Abends, zu Hause in München, habe ich mir das Exemplar »Kühe in Halbtrauer« angesehen. Diese zierliche Unterschrift mit der schönen S-Schleife.
Am Freitisch am Montag fragte Falkner uns, ob er sich denn gezeigt habe, der große Meister? Euler war ziemlich einsilbig, aber ich erzählte umso

mehr und bereitwilliger. Ich stand da mit der Messlatte, ohne S-Erregtheit, und also verbürgtem Wahrheitsgehalt. Unser Gelächter ließ die Gespräche an den umstehenden Tischen verstummen.
Auch Euler lachte, aber nicht so laut und aus sich heraus wie sonst, es war ein zurückhaltend zweifelndes Lachen. Und als die beiden anderen ihre kalt gewordene Suppe löffelten, sagte er, kann ein Graphomaner ein guter Schriftsteller sein? Erlebt der noch was? Muss der nicht auch mal lesen, ich meine Zeitgenossen und nicht nur das mittelmäßige Zeug von Karl May und Fouqué?
Und jeder am Tisch konnte es spüren, auf Eulers Schmidt-Begeisterung hatte sich ein Schatten gelegt.
Welche Zeitgenossen soll er denn lesen?
Na, sagte er ausweichend, wenigstens das, er hat Spaß verstanden.
Ja, er hat gelacht.
Der Freitag jener Woche war der letzte Vorlesungstag. Die Semesterferien begannen. Damit hörte auch der Freitisch auf. Wir gingen an dem Tag auseinander. Sahen uns hin und wieder zufällig in der Universität oder auf der Straße, und nach zwei, drei Jahren nicht mehr. Wie man so sagt, wir verloren uns aus den Augen.

Bis heute.
Ich saß und sah hinüber zum Rathaus. Der Wind hatte gedreht, kam jetzt aus Westen, und die Wolken waren dichter und flacher geworden. Am Abend wird der Regen kommen. Die Natur badet sich, sagt Lina. Wahrscheinlich eine wörtliche Übersetzung aus dem Norwegischen. Sie wird jetzt auf der Terrasse sitzen, neben den Rosen, die dichte Brombeerhecke vor Augen und dahinter die Wiesen mit den schwarz-weißen Kühen.
Die Bedienung kam, fragte, darf's noch was sein. Nein danke. Nur noch zahlen.

Uwe Timm. Am Beispiel eines Lebens. Sonderausgabe. Gebunden

Die autobiographischen Schriften Uwe Timms in einem Band, neu durchgesehen und ergänzt. Ein Porträt der deutschen Kriegs- und Nachkriegszeit: die römischen Aufzeichnungen »Vogel, friss die Feige nicht« und die Erzählungen »Am Beispiel meines Bruders« und »Der Freund und der Fremde« sowie zwei kürzere, bisher nicht selbstständig erschienene Texte.

»Uwe Timm ist ein Meister der Gestaltung verfließender Zeit.« *Elisabeth von Thadden, Die Zeit*

www.kiwi-verlag.de

Uwe Timm. Von Anfang und Ende. Über die Lesbarkeit
der Welt. Gebunden

Neben seinen Romanen von »Heißer Sommer« bis zu
»Rot« und »Halbschatten« hat Uwe Timm immer auch
Essays und poetologische Reflexionen geschrieben,
zuletzt die Poetikvorlesungen, die er 2009 für die Frankfurter Goethe-Universität im legendären »Adorno-Hörsaal« hielt. Sie erscheinen jetzt unter dem Titel »Von
Anfang und Ende. Über die Lesbarkeit der Welt.«

www.kiwi-verlag.de

Kiepenheuer
&Witsch